I0642932

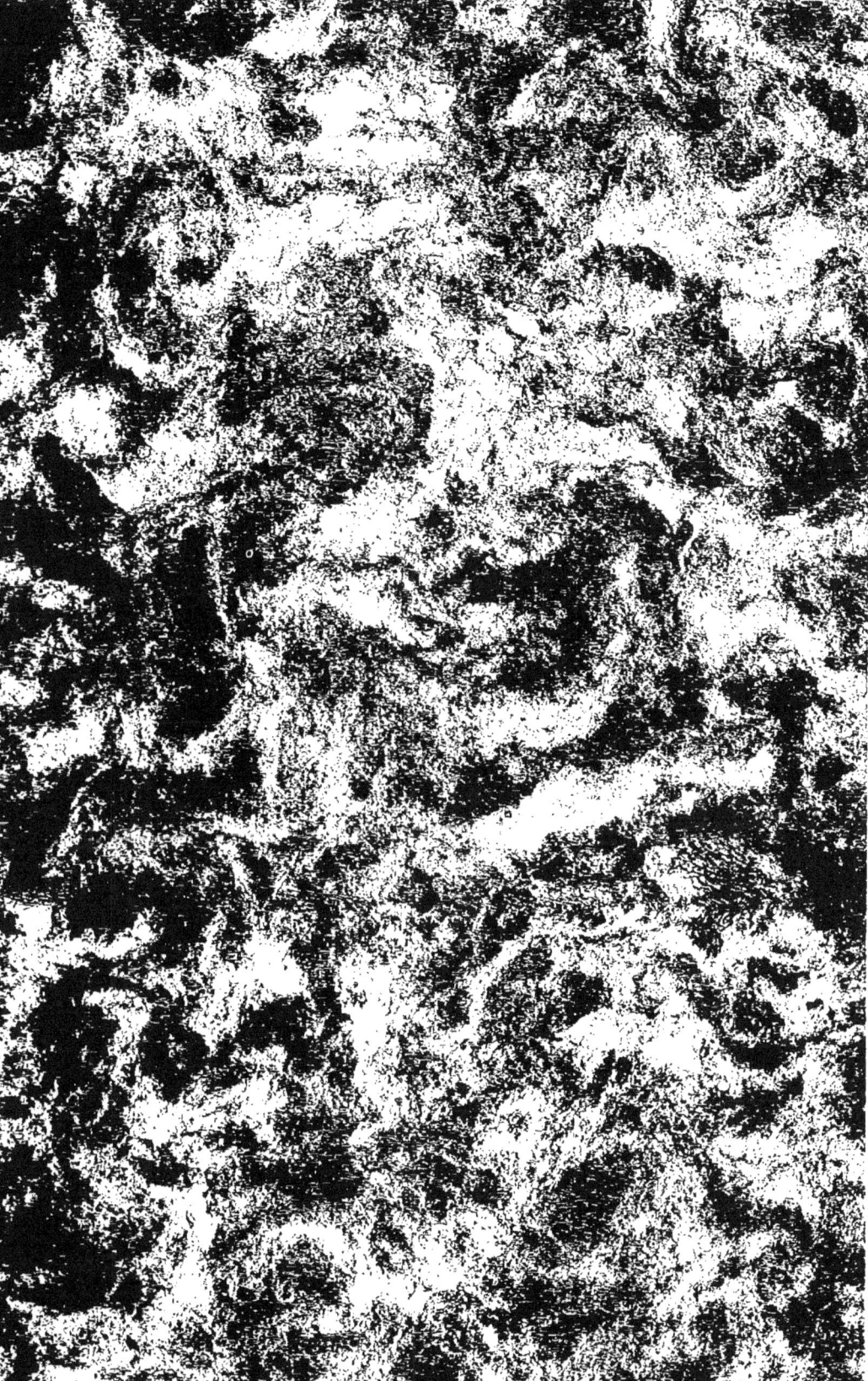

ESSAI

SUR LES CLOAQUES

OU

ÉGOUTS DE LA VILLE DE PARIS.

IMPRIMERIE DE DONDEY-DUPRÉ.

ESSAI

SUR LES CLOAQUES

OU

ÉGOUTS DE LA VILLE DE PARIS,

ENVISAGÉS SOUS LE RAPPORT DE L'HYGIÈNE PUBLIQUE ET DE LA
TOPOGRAPHIE MÉDICALE DE CETTE VILLE ;

Par A.-J.-B.-B. PARENT-DUCHATELET,

D. M. P., Chevalier de la Légion-d'Honneur, Agrégé en exercice près
la Faculté de Médecine de Paris , etc. , etc.

Ut gubernatori cursus secundus, medico salus
imperatori victoria ; sic moderatori reipublicæ
beata civium vita proposita est.
CICERO , *de Republica* , p. 344 , ed. Leclerc.

A PARIS,

Chez CREVOT, Libraire , rue de l'École-de-Médecine ;
CARILIAN-GŒURY, Libraire, quai des Augustins, nᵒ 41,
DONDEY-DUPRÉ PÈRE ET FILS, Imp.-Lib., rue Saint—
Louis, nᵒ 46, au Marais, et rue de Richelieu , nᵒ 67, vis-à-vis
la Bibliothèque du Roi.

M DCCC XXIV.

A LA MÉMOIRE

DES PRÉVOTS DES MARCHANDS

Michel TURGOT,

François MIRON

et Jules AUBRIOT.

COMME AUX PLUS GRANDS BIENFAITEURS DE LA VILLE

DE PARIS, POUR LE SOIN TOUT PARTICULIER

QU'ILS ONT DONNÉ AU PERFECTIONNEMENT

ET A L'AUGMENTATION DE SES

CLOAQUES.

PRÉFACE.

J'ENTREPRENDS de traiter aujourd'hui un sujet difficile, dont aucun médecin ne s'est encore occupé, et qui cependant, sous le rapport de l'hygiène publique de toutes les grandes villes, et particulièrement de la capitale de la France, est digne de toute notre attention.

Il ne suffit pas en effet de procurer à une ville la quantité d'eau qui lui est nécessaire pour les besoins de la vie et le service des usines et des manufactures ; il faut, lorsque cette eau s'est chargée de toutes les impuretés qui nuisent à notre santé ou à notre bien-être, nous en débarrasser, autrement, en se corrompant, elle serait une cause d'infection, et rendrait inhabitable les lieux où les hommes l'auraient amenée par leur art et leur industrie ; de là la nécessité des égouts et des cloaques que nous voyons toujours dans les grandes villes, tant anciennes que modernes qui ont été abondamment pourvues d'eau ; ils appartiennent au système des aqueducs, et en sont une conséquence indispensable.

Paris, par sa position dans une vallée presque horizontale qui permet avec peine l'écoulement des eaux, avait plus besoin qu'une autre ville d'un système d'égouts bien entendu ; l'accroissement prodigieux de sa population en fit successivement construire plusieurs dont le hasard, plutôt que le calcul, indiqua la direction ; ce n'est guère que depuis cent-cinquante ans qu'on leur porte une attention plus particulière, et qu'ont été conçus et entrepris les immenses travaux que nous admirons, et dont nous jouissons aujourd'hui.

On verra, dans les diverses parties de ce travail, les services dont nous avons obligation aux générations qui nous ont devancé, ceux que nous ont rendus nos contemporains, et que, sous ce rapport, l'époque actuelle, si remarquable par le bon esprit qui a présidé à tout ce qui a été fait pour les monumens et les établissemens utiles dont s'est enrichie la capitale de la France, ne le cède à aucune de celles qui l'ont précédée.

Que d'hommes dans Paris uniquement occupés de leurs plaisirs, ou livrés à leurs affaires, parcourent cette ville dans tous les sens sans penser qu'ils ne peuvent y faire un pas sans fouler aux pieds les monumens les plus utiles, puisque ces monumens contribuent à la conservation de la santé, et que s'ils cessaient un seul instant d'exister, ou même d'être régulièrement entrenus, la ville deviendrait inhabitable; ces heureux du siècle ne savent pas non plus que pour l'entretien de ces lieux éminemment nécessaires, une classe d'ouvriers se condamnent volontairement à passer leur vie dans ces souterrains infects, exposés continuellement à des émanations délétères qui les entourent, et qui viennent trop fréquemment abréger leurs jours d'une manière tragique.

Depuis que j'étudie ce sujet important d'hygiène publique d'une manière spéciale, je ne puis me rendre compte de l'espèce de dédain que semblent avoir eu pour lui la plupart des hommes instruits; d'importantes et magnifiques recherches ont été faites sur les fosses d'aisance et sur ceux qui y travaillent, et rien sur les égouts et sur les égoutiers; et

cependant je puis affirmer, par la connaissance que m'ont procurée l'examen et l'étude
approfondie de ces deux genres d'établissemens si importans dans une grande ville,
que les égouts sont pour le moins aussi es-
sentiels que les fosses d'aisance, et que les
dangers qui environnent les égoutiers, sont
et plus grands et plus nombreux que ceux
auxquels sont exposés les ouvriers gadouards.

Mais combien est petit le nombre de ceux
qui réfléchissent un peu aux conséquences
d'un établissement ! Parce que cet établissement obscur ne frappe pas les yeux, on
ignore par quel moyen nos santés sont con-
servées, comment l'air qui nous environne
est respirable, par quel miracle un quartier
qui n'était naguère qu'un marais infect, se
trouve couvert de palais et des plus magnifiques théâtres, parce que la cause de tous
ces bienfaits est cachée sous terre ; on ne
pense pas non plus aux malheureux qui y
passent leur vie, parce qu'ils ne frappent jamais nos regards, parce que nous n'avons
avec eux aucune relation, parce que nous
ne savons ni quand l'eau les engloutit, ni
quand des émanations infectes les détruisent ;

au lieu que les fosses d'aisance étant dans nos habitations, nous en sentons mieux que qui que ce soit et les inconvéniens et les avantages, nous ne quittons pas nos maisons quand on les ouvre, et que s'il arrive le moindre accident à un ouvrier, il est aussitôt le sujet des conversations de toute la ville, par l'empressement que mettent les journaux à en raconter tous les détails.

Il suffit de lire l'histoire de Rome et de toutes les grandes villes modernes, et en particulier celle de Paris, pour savoir que les égouts ont non-seulement rendu habitables un grand nombre de lieux qui ne l'auraient pas été sans cela, mais encore qu'ils ont fait disparaître pour toujours des épidémies, qui, avant leur établissement, revenaient d'une manière presque périodique.

Les Anciens, qui sous le rapport de la salubrité publique ont fait tant de sages ordonnances, auxquelles les progrès des sciences n'ont pu rien ajouter, ont mieux senti que nous l'importance des égouts; ils les mettaient sous la protection de leurs divinités; Rome avait son dieu Sterquilinus, et ses déesses Cloacine et Méphitine; plusieurs des cloaques qu'ils ont fait construire ont traversé les siècles, et font encore aujourd'hui le sujet de notre admiration. L'histoire nous apprend qu'ils en confiaient le soin et la surveillance à leurs premiers magistrats : Épaminondas en fut chargé à Thèbes, et nous y voyons à Rome, et Cicéron, et le gendre même d'Auguste, le célèbre Agrippa.

C'est moins dans l'intention de remplir une lacune dans cette partie importante de l'hygiène publique, que pour attirer sur elle l'attention des médecins, que je me décide à publier aujourd'hui les observations que j'ai pu faire sur les égouts de Paris.

Pour faire ces observations et obtenir ces détails d'une manière exacte, j'ai fait tout ce que doit faire un homme jaloux de découvrir la vérité, et de jeter quelque lumière sur un sujet obscur.

Je ne me suis pas contenté de lire ce qui avait été écrit sur cette matière, et de questionner superficiellement les ouvriers et les employés; *j'ai voulu tout voir par moi-même* en différens tems et en diverses circonstances; *j'ai parcouru tous les lieux que je décris;* j'ai eu des conversations fréquenles avec tous ceux qui s'occupent ou qui se sont occupés de nos égouts, depuis l'académicien le plus distingué, jusqu'au dernier des ouvriers; j'ai assisté plus d'une fois aux travaux de ceux-ci; je leur ai demandé des renseignemens, et dans les égouts mêmes et dans leurs propres demeures; je les ai questionnés en masse et isolément pour avoir, s'il était possible, des rapports contradictoires, ce qui m'a souvent servi à me mettre sur la voie pour faire de nouvelles questions et à corriger quelques erreurs.

Animé dans ce travail, comme dans tous ceux qui m'ont occupé jusqu'ici, par l'importance du sujet, et surtout par le désir de me rendre utile à mes compatriotes et à une classe intéressante d'ouvriers, j'ai surmonté sans hésiter la répugnance et les dangers inséparables de pareilles recherches; j'y ai sacrifié et mon tems, et mon argent, et ma peine; je ne puis dire les démarches que j'ai faites, les fatigues que j'ai éprouvées, et les contrariétés de toutes espèces qu'il m'a fallu endurer; croirait-on que quelques personnes ont été jusqu'à me refuser, et quelques-unes même jusqu'à me donner de faux

renseignemens ; j'ai vaincu par ma persévé-
rance et par mon obstination tous ces obstacles, qui sont loin d'honorer ceux qui les
ont fait naître.

Si la méfiance et la mauvaise volonté de
ces hommes ont été pénibles pour moi, j'en
ai été amplement dédommagé par l'accueil
favorable que m'ont fait une multitude de
personnes qui se sont empressées d'aller au-
devant de mes désirs, et de me fournir,
comme je l'ai déjà dit, tous les renseignemens dont je pouvais avoir besoin ; le nombre en est trop grand pour que je puisse les
nommer toutes ; mais je me croirais ingrat
si je ne citais d'une manière particulière
deux ingénieurs célèbres, M. Girard et
M. Héricart de Thury, ainsi qu'un chimiste, aussi savant que modeste, mon ami
M. Gaultier de Claubry.

Je le répète, je me croirai amplement
dédommagé de mes peines, si quelqu'un
plus habile et plus favorisé que moi par les
circonstances, ajoute à ce travail quelques
nouveaux détails ; car je n'ai pas la préten-
tion d'avoir tout vu, et d'avoir fait un ouvrage parfait ; j'en aperçois les défauts et les

imperfections qu'il n'est pas en mon pouvoir de corriger ; mais j'ai l'intime conviction qu'il sera utile non-seulement à la génération actuelle, mais plus encore à la génération future, lorsque les égouts de Paris auront reçu l'accroissement que doivent nécessairement leur donner, et l'augmentation des richesses et les progrès de la civilisation.

Abandonné tout-à-fait à moi-même pendant ces recherches, qui m'ont été d'un grand secours, comme moyen de diversion dans des peines d'esprit d'une nature particulière, c'est alors que j'ai ressenti plus vivement que jamais le vide immense dans lequel me laissait la perte de M. Hallé : il n'est plus ce maître qui m'honora pendant si long-tems d'une amitié si particulière, qui ranima plus d'une fois mon courage, et qui guida mes premiers pas dans la carrière épineuse que j'avais entreprise. Quel mérite n'eût pas acquis mon travail par ses conseils, lui qui, guidé par la seule observation et la seule force de son génie dans des recherches absolument semblables à celles-ci, indiqua, avant les nouvelles découvertes de la chimie pneumatique, l'existence de deux espèces de méphitisme de nature toute différente dans les fosses d'aisance, ce que, trente ans après, MM. Dupuytren et Thénard ont démontré par des expériences directes.

Comme je sais que l'administration possède sur ce sujet plusieurs documens qu'elle n'a pas cru devoir me communiquer, il pourrait se faire qu'elle connût tout ce que contient ce travail, mais j'ignore si elle le connaît, et c'est ce qui m'engage à le publier; n'ayant jamais eu que le désir de faire du bien, si je me trompe dans les moyens, l'intention ne peut être que louable; que tous mes compatriotes suivent mon exemple, il en résultera certainement pour notre ville un grand avantage; quand je n'aurais fait qu'attirer l'attention des constructeurs, des administrateurs et des savans sur un objet important, je serais satisfait; et, en livrant mon travail au public, je pourrai dire avec Huxham : *Obolum in ærarium publicum conjicio, in quo quidem exarando diligentiæ plurimum insumpsi, licet elegantiæ parum, quippe medicum ago non rhetorem.*

HUXHAM, *in Proleg*.

ESSAI

SUR LES CLOAQUES

ou

ÉGOUTS DE LA VILLE DE PARIS.

CHAPITRE PREMIER.

CONSIDÉRATIONS PRÉLIMINAIRES SUR LES CLOAQUES DE
ROME ANCIENNE.

Rien n'étant plus utile, quand il s'agit d'établissement sanitaire, que de faire un parallèle entre ceux qui sont dans une ville, et ceux du même genre qui se trouvent dans une autre, j'avais résolu de parler en abrégé des travaux des anciens sur les cloaques et les égouts, et d'en faire autant sur ce qu'ont exécuté les modernes dans les villes les plus remarquables, soit par leur étendue, soit par leur propreté et leur salubrité, soit enfin par leur bonne administration. J'exposerai à la fin du chapitre, les obstacles qui m'ont empêché d'exécuter ce travail, qui n'eût

I

pas été sans intérêt, et quelles sont les raisons qui m'obligent à ne présenter aujourd'hui, que ce que Rome ancienne nous offrait, sous ce rapport, de plus remarquable.

D'après les détails que nous ont laissés les anciens sur les égouts de Rome, il paraît évident que les premiers furent construits pour dessécher les marais formés par les inondations du Tibre, et remédier, par ce moyen, aux émanations qui rendaient inhabitables les lieux circonvoisins.

Quelques Italiens modernes, et entre autres Lancisi, pensent même, que la grande cloaque de Tarquin n'eut pas d'autre destination dans le principe, ce qu'il prouve, non seulement par l'autorité des auteurs anciens, mais encore par la connaissance parfaite qu'il avait des localités et des antiquités de son pays; cette cloaque et les autres furent faites, dit-il, *in imis omnibus urbis regionibus* . . . . . *ne amplius aquarum colluvies ad Tiberim, propter humilem, depressamque locorum naturam fluere prohibita, in putridas fetentesque lacunas concederet;* et il cite encore à l'appui de son opinion plusieurs passages d'Ovide, de Plaute, de Fabius-Pictor, et en particulier celui-ci si remarquable de Tite-Live; *Decad.* I, *lib.* 1, *cap.* XVI, *cum infima urbis loca circa Forum, aliasque interjectas collibus convalles, ex planis locis, haud facile eveherent aquas, cloacis e vestigio in Tiberim ductis siccavit.*

Cette grande cloaque, qui par son extrême solidité a traversé les siècles, et dont les dimensions et les formes sévères et imposantes, indiquent quels étaient déjà le génie et le caractère de la nation, ne fut pas la seule que firent construire les Tarquins.

Au rapport de Pline, ils en firent faire d'autres moins considérables, qui se jetaient directement dans le Tibre, ou qui s'embranchaient dans la grande cloaque elle-même ; elles étaient, à ce qu'il paraît, plus particulièrement destinées au service de la ville comme on peut le voir par ce passage : *Receptaculum omnium purgamentorum urbis, sub terra agendum curavit* (1).

A mesure que la ville s'étendit et accrut sa population, on augmenta considérablement ces travaux dont on sentait de plus en plus la nécessité ; les censeurs M. Caton et V. Flaccus, sont cités parmi ceux qui, depuis l'expulsion des rois, prirent un soin tout particulier de ces établissemens.

Ce fut principalement sous Auguste, que le célèbre Agrippa, si remarquable par sa sagesse et la profondeur de ses vues, fit exécuter ces immenses travaux si vantés dans l'antiquité, et qui rappèleront toujours son nom, lorsqu'il sera question d'établissemens utiles et sanitaires.

Il ne se contenta pas de nettoyer et de réparer les anciens, il en fit construire une multitude d'autres sous toutes les rues et les édifices de la ville, qui se trouva ainsi en quelque sorte suspendue toute entière sur des voutes, *suffossis montibus atque urbe pensili*, dit Pline ; il fit plus encore, il parvint, au moyen des aqueducs, à les nettoyer et à les laver continuellement.

Il est curieux de voir dans les auteurs anciens, les éloges qu'ils donnent à ces travaux.

Cassiodore les appelle superbes et dignes de l'admiration de tous ceux qui les voient, en sorte qu'ils pourraient surpasser tout ce que les autres villes ont en magnificence. *Variar. lib.* III, *caput* xxx, et *lib.* VIII, *cap.* xxix.

Denis d'Halicarnasse, qui habita pendant vingt ans la ville de Rome, sous le règne même d'Auguste, s'exprime à peu près de la même manière.

Pline en les vantant se sert de ces expressions, *operum omnium dictu maximum.*

Et Tite-Live de celles-ci ; *receptaculum omnium purgamentorum urbis sub terra agendum curavit ; cui operi vix nova hæc magnificentia, quidquam adæquare potest.*

Il paraît par quelques passages de Frontin qui

visait sous Nerva, Vespasien et Trajan, que les successeurs d'Auguste ajoutèrent encore aux divers travaux faits sous cet empereur.

On concevra facilement l'utilité et l'importance de ces travaux, dans une ville aussi étendue et aussi populeuse que Rome, et sous le ciel de l'Italie, lorsqu'on saura qu'il n'existait pas de latrines dans les maisons particulières, que les rues de la ville étaient étroites et tortueuses, et que les esclaves des gens riches, étaient chargés d'aller jeter tous les matins les ordures et le produit des déjections dans les 144 latrines publiques qui se rendaient aux égouts, ce que les pauvres et ceux qui n'avaient pas d'esclave, jetaient à la porte de leurs maisons.

Il se passa plusieurs siècles, sans que Rome eût à sa disposition une quantité d'eau suffisante pour le besoin de ses habitans, et par conséquent pour le nettoyage de ses égouts, ce qui fait qu'on était réduit à s'en rapporter à l'eau du ciel pour ce nettoyage, mais ce moyen fut souvent inefficace.

Tout prouve en effet, que dans les premiers tems ils s'engorgeaient souvent et répandaient partout l'infection, puisque nous voyons, par un passage de Denis d'Halicarnasse, que pour rétablir dans les égouts *le passage des eaux interrompu*, les censeurs demandèrent un jour la somme de mille talens.

Devons-nous attribuer à l'infection occasionée par la négligence et l'encombrement des égouts, les maladies épidémiques qui, au rapport des historiens, ravagèrent la ville de Rome à tant d'époques différentes? Je ne saurais l'affirmer, mais rien n'est plus capable de nous donner une idée de la crainte qu'inspiraient aux Romains les émanations de leurs cloaques, que la religion même de ce peuple, qui avait ses déesses Cloacine et Méphitine auxquelles il adressait des vœux, pour éloigner les accidens occasionés par les émanations putrides, comme il en adressait à la fièvre, qu'il avait également divinisée.

Ce ne fut que fort tard que l'on consacra au nettoyement des égouts le superflu des eaux amenées par les aqueducs, et c'est encore Agrippa qui rendit ce service à sa patrie.

Je rapporterai plusieurs passages de Frontin, relativement aux aqueducs et aux cloaques, qui montreront le soin que l'on donnait à ces établissemens, du tems de ce célèbre ingénieur.

Il était défendu, sous les peines les plus graves, de faire la moindre violence à ceux qui nettoyaient ou réparaient les égouts publics ou particuliers, ou de les gêner dans leurs travaux, parce que dit Ulpien, en parlant du nettoyement et de l'entretien des cloaques, *utrumque, et ad salubritatem civitatum et ad tutelam pertinet,*

nam et cœlum pestilens et ruinas minantur im-
munditiœ cloacarum.

Pour la même raison, les particuliers ne pouvaient s'emparer de l'eau qui refluait des réservoirs publics, et qu'ils nommaient eau caduque.
. . . . *Caducam neminem volo ducere, nisi qui*
meo beneficio aut priorum principum habent,
nam necesse ex castellis aliquam partem aquœ
effluere, cum hoc pertineat non solum ad urbis
nostrœ salubritatem, sed etiam ad utilitatem
cloacarum abluendarum.

Sous Trajan et Nerva, les soins donnés aux
cloaques n'étaient pas moins grands, comme nous
le voyons encore par Frontin : *Ne prœtereuntes*
quidem aquœ otiosœ sunt, nam immuditiarum
facies et impurior spiritus et causœ gravioris
cœli, quibus apud veteres, urbis infamis aer
fuit, sunt remotœ (2).

Je m'abstiens d'étendre davantage ces cita-
tions, elles suffisent pour montrer l'importance
que les Romains ont attaché aux cloaques, et que
tout en encombrant leur ville de somptueux bâtimens, ils ne négligeaient pas ce qui pouvait
contribuer à son utilité et à son agrément; je
crois cependant ne devoir pas omettre quelques
aperçus sur l'histoire de ces établissemens dans
le moyen âge, rien n'étant plus capable de nous
faire voir le mal qu'ils peuvent faire, quand ils

sont négligés, comme ce que je viens de dire nous a montré leur immense avantage.

Les barbares de toute espèce, ayant à plusieurs reprises pillé et saccagé la ville de Rome, les aqueducs furent détruits, et l'eau, se répandant dans les campagnes voisines, y forma des marais qui ne contribuèrent pas peu à rendre inhabitable tout le pays voisin.

Les aqueducs n'existant plus, les égouts et les cloaques furent également négligés, ce qui amena de graves et fréquentes maladies qui furent plus efficaces, pour détruire la population, que ne l'avaient été les armes des barbares. Tous les historiens de ces tems reculés, et en particulier saint Grégoire, dans ses Homélies, et le diacre Jean, dans la Vie de ce saint, font de la ville de Rome la peinture la plus affreuse. L'air de cette ville devint si mauvais que les pestes et les fièvres de mauvais caractère y exerçaient continuellement leurs ravages, au point que Pierre Damien, au XIe siècle, écrivant au pape Nicolas II, pour le prier d'accepter sa démission, allègue, pour prétexte, les dangers qu'il courait à chaque instant de perdre la vie en restant dans la ville.

Ce fut principalement pendant le séjour des papes à Avignon, que tout ce qui regarde la salubrité fut négligé dans Rome, et quelques historiens n'ont pas craint d'attribuer à cette négligence la dépopulation de la ville, qui fut réduite, en peu de tems, au nombre de trente mille habitans.

Les choses restèrent en cet état jusqu'à la fin du XIVe siècle, époque à laquelle les papes, reprenant les travaux anciens, rétablirent les choses dans l'état où elles devaient être ; nouveau titre à la gloire de Léon X, qui fut, de tous les papes, celui qui s'occupa de cet objet important d'une manière plus particulière.

C'est en partie à ces soins que l'on doit attribuer l'augmentation rapide de la population de Rome, qui, de trente mille ames qu'elle était auparavant, parvint en peu de tems à quatre-vingt mille ; et, chose digne de toute notre attention, c'est qu'après la mort de ce pontife, cette population tomba bientôt au nombre de trente-deux mille, parce que, suivant les auteurs contemporains, tout ayant été négligé, les premières calamités se renouvelèrent.

Heureusement pour Rome que cet état de choses ne dura pas long-tems, car tous les papes qui se sont succédés, instruits, à ce qu'il paraît, par l'expérience des tems anciens, ayant fait d'immenses travaux, *creuser de nouvelles cloaques, suffossis cloacis*, ont rendu à l'air de cette ville la salubrité qui lui est nécessaire.

J'extrais la plupart de ces détails, de l'ouvrage de

Lancisi, *De adventitiis Romani cœli qualitatibus,*
je pourrais les accompagner de réflexions, mais
elles se présentent d'elles-mêmes, et j'aime mieux
que les faits les suggèrent à mes lecteurs.

Si ce que nous venons de voir sur les égouts
de Rome ancienne nous jette dans l'admiration ;
si la police qui présidait à leur conservation
nous étonne par sa sagesse ; il doit être extrêmement intéressant pour nous, de connaître ce qui
se passe sous ce rapport dans Rome moderne,
dont les eaux répandues partout avec profusion
jusque dans les maisons des particuliers, vont
regagner le Tibre par des canaux souterrains,
sans qu'il en paraisse une goutte sur le sol.

Ne connaissant Rome que d'après des descrip-
tions, j'ai fait, pour avoir sur cet objet des renseignemens précis, un grand nombre de recherches et de démarches, mais toujours inutilement ; un sujet aussi humble peut-il fixer l'attention du curieux ou du simple amateur, et quel
intérêt peut-il offrir à l'artiste, qui, animé de
la passion des beaux arts, et transporté dans leur
terre natale, se trouve en quelque sorte enivré,
à la vue des chefs-d'œuvre qu'il rencontre de
toutes parts ?

Tout me prouve que les Romains modernes,
si prolixes dans la description de tous leurs monumens et de tous ce qui existe chez eux, n'ont

rien fait sur ce qui m'occupe ; s'il en était autrement, leurs travaux auraient-ils échappé au savoir profond de M. Quatremère de Quincy, au génie de MM. Percier et Fontaine, et surtout à l'habileté de M. de Prony, qui tous ont fait un long séjour à Rome, et qui ont répondu à mes demandes avec une grâce et une bonté que je ne puis trop admirer ? M. Desplan, jeune architecte rempli de goût, de savoir et d'intelligence, est le seul de tous les artistes que j'ai consultés, qui ait cherché à voir, et qui ait entrevu l'objet qui m'intéresse, mais qu'il y a loin de ce qu'il m'a fourni, à ce qui m'aurait été nécessaire.

Pourquoi suis-je obligé de rester dans la même ignorance sur ceux de la ville de Londres, qui de toutes les villes modernes, ayant avec Paris la plus grande ressemblance, devrait sous ce rapport m'intéresser davantage. M. Charles Dupin, dont les savantes recherches sur l'Angleterre sont admirées des Anglais même, m'a avoué que les égouts de Londres et tout leur système lui avaient complétement échappé.

M. le vicomte Héricart-Ferrand, si zélé pour notre industrie, et si instruit dans toutes les branches de la Médecine, en a bien vu quelques-uns, mais il ne les a vus que d'une manière incomplète, il ne les a pas étudiés dans leur ensemble, ce qui fait que je ne puis me servir des renseignemens qu'il a eu la bonté de me communiquer (3).

Au milieu du vague, où me laissent les recherches en apparence infructueuses, que j'ai faites sur les égouts de Londres et de toutes les villes d'Italie, il me reste la conviction qu'il existe chez nos voisins du nord et du midi des moyens d'assainissement et d'embellissement qui nous sont encore inconnus, et que nous avons plusieurs conquêtes à faire dans leur pays, soit sous le rapport de l'agrément, soit sous celui plus intéressant de l'hygiène publique.

CHAPITRE II.

DESCRIPTION SOMMAIRE DU SOL QUI ENVIRONNE PARIS, ET DE CELUI SUR LEQUEL CETTE VILLE EST BATIE.

Pour bien connaître dans son ensemble le système des égouts de Paris, pour se rendre compte de leur disposition particulière, et faciliter l'intelligence de tout ce qui va suivre, il est indispensable de donner une description abrégée de la configuration extérieure du sol sur lequel cette ville est bâtie, puisque c'est elle qui détermine la pente et la direction des égouts ; je vais tâcher d'esquisser cette description avec le plus de clarté et de précision qu'il me sera possible, anticipant en cela sur un travail considérable qui devrait précéder celui-ci, mais que je ne puis publier à cause des nombreuses lacunes qu'il présente encore.

Si on examine bien la disposition de l'enfoncement dans lequel coule la Seine, depuis Choisy jusqu'à Saint-Cloud, on y reconnaîtra trois vallées très-distinctes : une formée par la plaine d'Ivry ; une autre par la plaine de Vaugirard ; et entre celles-ci, une troisième plus importante que les deux autres, puisqu'elle porte la plus grande partie de Paris. Les deux premières sont sur la gauche de la Seine et regardent le midi, la troisième est à droite du fleuve et située vers le nord.

Il suffit de jeter un coup d'œil sur l'ensemble de ces trois vallées, pour reconnaître que la ressemblance la plus frappante se remarque entre elles, sous le rapport de la configuration extérieure, de leur diamètre, de la nature du sol qui les compose, et de leur élévation au-dessus de la Seine.

Configuration extérieure. Chacune de ces

vallées n'est pas tout-à-fait demi-circulaire, elles
sont un peu alongées ; la première commence à
Choisy et vient se terminer à la montagne Sainte-
Geneviève ; la seconde part de cette montagne,
s'étend jusqu'à Vaugirard, et va gagner, par
Vanvres, Issy et Meudon, les côteaux de Sèvres
et de Saint-Cloud ; la troisième commence entre
Charenton et la Rapée, s'étend en se contour-
nant jusqu'au bassin de l'Ourcq, et se termine
vers la hauteur qui porte les villages de Chaillot
et de Passy ; en sorte que les angles saillans,
formés par les hauteurs de Charenton et de Passy
d'un côté, et celui si remarquable de la montagne Sainte-Geneviève du côté opposé, correspondent parfaitement à la partie la plus reculée
des angles rentrans ; formés, vis-à-vis le premier,
par la plaine basse du village d'Ivry, vis-à-vis
le second, par la plaine de Vaugirard, et vis-à-
vis le troisième, par celle qui porte Paris et qui
regarde le bassin de la Villette.

Diamètre. Relativement à leur diamètre dans
tous les sens, il est facile de voir que la distance
qui se trouve entre la route de Paris à Charenton
et les hauteurs qui se remarquent tout-à-fait au
midi, au-delà de la Seine et de la plaine d'Ivry,
est absolument la même que celle qui se trouve
entre la pointe de Passy et le village de Vaugirard d'un côté, et la pointe de la montagne Ste-

Geneviève et les côteaux de la Villette du côté
opposé; et dans leur grand diamètre, que la distance, qui se trouve entre la pointe de Charenton et celle de Passy, est encore absolument la
même, que celle qui existe entre Choisy et la
montagne Sainte-Geneviève pour la plaine d'I-
vry, et entre cette montagne et les hauteurs de
Sèvres pour celle de Vaugirard.

Nature du sol. Quant à la nature du sol
de ces trois vallées, elle est la même dans toutes,
quoiqu'il soit difficile de la reconnaître dans
Paris, et qu'elle ait été singulièrement modifiée
par la culture et les engrais, dans les deux autres.
J'ai pu cependant acquérir là dessus des données
positives, en visitant la plupart des fouilles
nombreuses qui ont été faites dans Paris depuis
plus de vingt ans, et me convaincre que le
sable et les cailloux roulés, qui forment une des
dernières espèces d'alluvions si bien décrites
dans l'ouvrage de MM. Brogniard et Cuvier, en
font partout la base; je reviendrai, dans un
instant, sur la nature de ce sol.

Leur élévation au dessus de la Seine. C'est
principalement le rapport que ces vallées ont
avec la Seine, qui devient important pour l'objet
qui nous occupe, et sous ce nouveau point de vue,
elles ont encore entre elles une analogie frappante.

Non-seulement elles sont toutes trois au même

niveau, puisque dans les hautes eaux de la Seine, elles sont toutes trois simultanément submergées, mais elles le sont encore de la même manière, ceci demande une explication.

Il est certain que dans les tems primitifs, ces trois vallées avaient une surface qui dans tous les points était parfaitement horizontale, au lieu qu'aujourd'hui elles sont plus élevées sur les bords de la Seine, qu'à une certaine distance de ce fleuve et au bas des montagnes qui les circonscrivent, ce qui s'explique aisément par les dépôts que la Seine a formés successivement dans chacune de ses crues. Elle n'avait alors de rapidité, que dans son lit ; en se répandant à droite et à gauche, l'eau qui n'était plus agitée par le courant, se trouvait en quelque sorte abandonnée à elle-même, et laissait alors déposer les parties étangères, que son agitation seule lui permettait de tenir en suspension, de sorte que toujours poussée plus loin, à mesure que le fleuve s'élevait, elle arrivait dans le fond de la vallée, déjà dépouillée de ses parties étrangères et en quelque sorte limpide, d'où s'explique aisémént l'espèce de bourlet peu sensible à l'œil, mais visible dans quelque circonstances, que présentent sur le bord de la Seine, les trois vallées que je viens de décrire, et les bas-fonds qu'elles offrent à une certaine distance. Cette particula-

rité n'appartient pas seulement à la Seine, elle
est commune à tous les fleuves qui se débordent,
et dont les eaux charient une grande quantité de
matières étrangères.

Dans ces inondations, tant que les eaux ont
été soutenues par celles de la Seine, restant sur
les vallées en quelque sorte stagnantes, elles
n'ont pu en aucune manière en altérer la surface,
mais lorsqu'il leur a fallu rentrer dans le lit du
fleuve à mesure qu'il s'abaissait, elles ont acquis
par leur propre poids une sorte de vitesse, et ont
ainsi creusé légèrement les vallées à leurs deux
extrémités, en entraînant avec elles dans le fleuve,
le limon qu'elles avaient déposé en sortant, d'où
l'abaissement que les trois vallées présentent à
chacune de leurs extrémités, ce qu'on aperçoit
aisément dans Paris, d'un côté aux fossés de la
Bastille, et de l'autre aux Champs-Élysées ; et
dans la plaine de Vaugirard, du côté du faubourg Saint-Germain d'une part, et de l'autre
du côté du village d'Issy ; aussi dans les grandes
crues de la Seine, voit-on les inondations com-
mencer par ces points, et former en quelque
sorte des îles avec les parties qu'ils circonscrivent.
Il paraît, par le rapport des historiens, que dans
les tems anciens ceci se remarquait très-souvent
pour la partie septentrionale de Paris, mais
le sol, modifié par les travaux des hommes,

2

empêche qu'on ne l'aperçoive aujourd'hui aussi
bien que dans les plaines d'Issy et de Vaugirard (4).

Relativement aux caps qui correspondent à la
partie la plus enfoncée de chaque vallée, comme
ils nous intéressent beaucoup moins, je ne m'é-
tendrai pas sur eux, je dirai seulement qu'un
air de famille, si je puis m'exprimer ainsi, semble
se rencontrer dans chacun d'eux : même niveau
entre la montagne de Charenton et celle de l'É-
toile et de Passy d'un côté, et celle de Sainte-
Geneviève du côté opposé ; même face abrupte
vers les parties les plus saillantes : la montagne
des villages de Conflans et de Charenton, la
montagne Sainte-Geneviève du côté de la place
Maubert, et la grande rue de Passy ; même face
inclinée sur les parties latérales : les côteaux de
Bercy et de la Rapée, la partie qui de l'Estrapade descend au faubourg Saint-Germain, et la
partie ouest du bois de Boulogne ; enfin partout
même composition intérieure : calcaire coquil-
lier, stratifié de la même manière, et fournis-
sant ces belles pierres, dont la position admi-
rable explique les immenses accroissemens, que
n'a cessé de prendre la ville de Paris.

Après ces données préliminaires et indispen-
sables sur l'ensemble des trois vallées qui con-
courent à la formation du sol de la capitale, et

qui font déjà entrevoir la direction que doit prendre l'eau qui y tombe, je vais entrer dans de plus grands détails sur celle du nord, n'ayant que quelques mots à dire sur les deux autres qui portent les faubourgs Saint-Marceau et Saint-Germain.

On se tromperait beaucoup si l'on s'imaginait que le sol de Paris, situé entre la Seine et les collines qui l'environnent de toutes parts du côté du nord, n'avait subi aucun changement ; le tems et les travaux des hommes l'ont au contraire modifié d'une manière prodigieuse ; je vais examiner chacune de ces modifications.

Nous venons de voir que les bords de la Seine, plus élevés sur les rives qu'à une certaine distance par les alluvions successives de ce fleuve, laissaient naturellement un bas-fond vers le pied des collines de Belleville, de Montmartre et du Roule, lequel recevait toutes les eaux pluviales, qui, tombant sur la vallée et sur le revers correspondant de ces collines, se dirigeaient vers lui ; je dois ajouter, qu'il sortait des montagnes plus élevées qui environnent Paris, un grand nombre de fontaines qui descendant dans le bas-fond y formaient un ruisseau, lequel commençait au bas de la colline de Ménilmontant, coulait de là de l'est au sud-ouest, jusqu'au bas de la butte de Chaillot, où il se jetait dans la

Seine, au-delà de l'emplacement actuel de la Pompe-à-Feu (5).

Tout nous prouve que les fontaines, qui alimentaient ce ruisseau, étaient fort abondantes ; elles provenaient de la nappe d'eau qui se trouve sur tout le plateau qui sépare le bassin de la Marne de la vallée où coule maintenant le canal de l'Ourcq, et qui est retenue au-dessus des couches de plâtre par la puissante masse de glaise qui s'y remarque, et qui empêche que les eaux pluviales qui pénètrent facilement le terrain léger et sablonneux qui recouvre tout ce plateau, ne descendent plus avant. L'exploitation des carrières de pierres à plâtre, dans le voisinage de l'endroit d'où ces sources tiraient leur origine, les a fait tarir, parce que l'ordre naturel des couches de marne et d'argile ayant été bouleversé, les eaux, qui paraissaient anciennement à la surface, trouvant une nouvelle issue à travers les fissures des bancs de pierre, traversent probablement les deux masses, et viennent se joindre à la nappe d'eau inférieure qui alimente tous les puits qui sont creusés au bas des côteaux, ou dans la partie septentrionale de Paris.

Je viens de dire qu'il est probable que les fontaines qui alimentaient ce ruisseau étaient fort abondantes ; plusieurs raisons me portent à le croire ; d'abord la mention qu'en font les auteurs anciens à une époque où Paris en était encore bien éloigné, ensuite la constance avec laquelle il est marqué sur les plus anciens plans de Paris que nous possédons, mais surtout et principalement les traces profondes qu'il a laissées dans les endroits divers où son cours a existé.

Il est en effet prouvé, non-seulement par les anciens plans qui se trouvent à la Bibliothèque royale, mais mieux encore par les fouilles qui ont été faites dans Paris, que ce ruisseau a changé de direction, ou qu'il a eu plusieurs embranchemens.

Les fouilles, dont je parle, ont été faites pour asseoir deux des principaux édifices de Paris, la nouvelle Bourse et la nouvelle salle de l'Opéra ; ayant suivi les travaux de ces deux monumens, je pourrais décrire ce que j'ai vu, mais j'aime mieux citer une autorité plus forte, et extraire deux passages remarquables d'un discours prononcé, le 21 mai 1821, à la tribune de la chambre des députés. M. le vicomte Héricart de Thury, répondant aux objections de ceux qui reprochaient au gouvernement de ne s'être pas emparé de la nouvelle Bourse pour y faire un opéra, s'exprime ainsi : « On n'aurait pu avoir, dans la nouvelle Bourse, les caves et souterrains nécessaires pour un opéra, puisqu'on sait que les fondations de cet édifice *ont été construites dans l'eau, et dans le lit d'un ancien cours de rivière.* » Il ajoute plus loin, en parlant de la nécessité d'allouer de nouveaux fonds pour terminer l'Opéra : « En faisant les fouilles, au lieu d'un fond solide, on rencontra à cinq ou six mètres de profondeur *le lit d'un ancien cours d'eau et des sables d'alluvion, qui obligèrent de piloter et d'établir des radiers et plates-formes pour asseoir les libages et fondations d'une manière solide.* » Cette particularité du terrain, qu'il était impossible de prévoir, a nécessité dans la seule construction du mur, qui sépare le théâtre de la salle, une dépense de 80,000 francs. Nul doute, d'après les détails précieux que nous fournit ce savant et habile ingénieur, que le ruisseau de Ménilmontant n'ait été plus considérable qu'on ne le pense ordinairement.

Tout me porte à croire qu'il existait deux autres ruisseaux bien moins considérables, l'un dans les fossés actuels des Tuileries, et l'autre dans l'emplacement actuel des fossés de la Bastille ; l'existence du premier ne m'est prouvée que par les anciens plans, celle du second m'est démontrée, moins parce qu'il se trouve avec les autres sur les anciennes cartes, que par les immenses travaux qui ont été faits dans l'été de 1822 pour l'écluse d'embouchure dans la Seine du canal Saint-Martin.

En effet, ces fouilles énormes ont mis à découvert, dans la direction même qu'a dû avoir
ce ruisseau, une masse considérable de tourbe,
et des couches de feuilles parfaitement conser-
vées, qui contenaient encore beaucoup de corps
organisés ; ces fouilles ont présenté un phéno-
mène remarquable, c'est que pendant tout le
tems qu'ont duré les épuisemens, c'est-à-dire,
pendant plus de six semaines, l'eau, qui sortait
de cette tourbe et de ces feuilles, a constamment
été chargée d'une grande quantité d'hydrogène-
sulfuré, qui n'a cessé de donner à cette eau la
teinte blanchâtre que chacun de nous a pu observer (6).

Il est probable que ce ruisseau s'étendait anciennement jusqu'à la porte du Temple, et qu'il
était fourni par les nombreuses sources qui sortent de dessous terre dans toute cette partie du
sol.

J'ai cru ces détails nécessaires pour l'intelligence de tout ce que j'ai à dire sur les égouts de
Paris ; lorsque je m'en occuperai, on en sera
promptement convaincu. Les suivans, quoique
moins intéressans, m'ont paru cependant curieux, je les rapporte en abrégé pour compléter
l'histoire du sol de Paris de ce côté de la Seine.

Il est prouvé, moins par des notions historiques
que par l'état actuel du sol de la Seine, que ce

fleuve coulait autrefois dans un lit plus profond que celui qu'il traverse aujourd'hui, ce que je démontrerai quand je m'occuperai de la Seine d'une manière spéciale; il a donc fallu que les habitans de l'île, qui primitivement formait tout Paris, élevassent le sol des terrains circonvoisins, pour se trouver toujours à l'abri des plus hautes inondations, ce qu'ils ont fait avec des débris et des décombres, comme chacun de nous a pu s'en assurer dans les fouilles qu'ont nécessitées les travaux immenses faits dans cette île depuis quelques années.

Les mêmes besoins ont dû se faire sentir de bonne heure sur la rive droite du fleuve, qui la première a été habitée, aussi voyons-nous que le sol en a été partout exhaussé, mais d'une telle manière que ces remblais, ajoutant à la disposition naturelle du terrain, ont forcé toutes les eaux ménagères à s'éloigner de la Seine pour se porter vers les côteaux de Belleville et de Montmartre.

De graves inconvéniens résultèrent pour la ville de Paris de cette accumulation de décombres, qui ayant été faite d'une manière très-irrégulière, laissait les eaux sales à la surface du sol, qui devint par-là habituellement fangeux et infect, ce qui engagea Philippe-Auguste à faire paver les rues de Paris, et à en aplanir et dresser convenablement la surface.

Dans cette grande opération, on conserva aux rues la pente que leur donnaient et les anciennes alluvions et les nouveaux amas de décombres, de sorte que les eaux ménagères et pluviales furent conduites *dans le ruisseau de Ménilmontant,* en passant par des ouvertures, au-delà des murailles dont la ville fut entourée à diverses époques. Dans les tems postérieurs, la ville s'étant étendue sur les bords du fleuve qni n'avaient pas été exhaussés, se trouva dans les deux parties basses de la vallée dont j'ai parlé plus haut ; aussi les eaux de ces nouveaux quartiers furent-elles dirigées vers la Seine par les deux extrémités de l'enceinte méridionale, les unes par l'emplacement des fossés actuels de la Bastille ; les autres plus bas, du côté des Tuileries.

Le pavage de Paris et la police plus parfaite qui s'établit alors, obligea de porter ailleurs les immondices des rues et les décombres de la démolition des maisons ; on assigna pour cela des voiries hors de l'enceinte de Philippe-Auguste, lesquelles, par l'accumulation des débris qui y furent apportés, formèrent les éminences dont nous retrouvons encore les sommets, dans la rue Montmartre entre la rue du Mail et le boulevard ; dans la rue Baillif, près la place des Victoires, et sur une partie de l'esplanade du Carrousel. Du côté du midi ces voiries furent placées aux deux extrémités de la rue Taranne, et sur le lieu occupé par la rue St-Hyacinthe; celle du faubourg Saint-Marceau a formé le mamelon, sur lequel est situé le *labyrinthe* du jardin des Plantes, c'est l'ancienne butte des *Coupeaux*, dont le nom seul suffit pour rappeler l'origine.

L'enceinte de Paris ayant été considérablement reculée sous le règne de Charles V et de Charles VI, et les anciennes voiries s'y trouvant renfermées, il fallut en former de nouvelles, il paraît que leur nombre fut porté à cinq ; la première formée par la saillie qui se trouve sur le boulevard entre la rue Amelot et celle des Tournelles; la seconde sur l'esplanade des filles du Calvaire ; la troisième était entre la porte du Temple et la porte Saint-Martin, et porte maintenant la rue Meslée ; la quatrième était placée entre les portes Saint-Denis et Montmartre, là où est aujourd'hui Notre-Dame-de-Bonne-Nouvelle (7); enfin la cinquième se trouvait entre les portes Montmartre et Saint-Honoré, et est appelée butte Saint-Roch.

Il paraît que tous ces monticules étaient beaucoup plus élevés dans les tems anciens qu'ils ne le sont aujourd'hui, car tous les plans des époques

reculées les présentent couverts de moulins-à-
vent; ils donnèrent même des craintes dans quelques circonstances où l'on pouvait appréhender
un siége, par l'avantage qu'ils devaient donner
à l'artillerie des assiégeans; ces craintes ayant été
justifiées dans le siége de 1593, au lieu de les
raser comme on l'avait projeté, on se contenta,
par économie, de les enfermer dans une nouvelle muraille.

La position politique intérieure et extérieure
de la France, ayant rendu inutiles les fortifica-
tions de Paris, elles furent rasées sous Louis XIV
et converties en promenades publiques, qui
forment tout au tour de la ville du côté du nord,
un espèce de bourlet, composé comme je viens
de le dire, de terres rapportées et de décombres.

Ces détails, en apparence étrangers à mon
sujet, et que j'abrège autant qu'il m'est possible,
étaient cependant nécessaires pour l'intelligence
de tout ce qui va suivre. On ne sera plus étonné
actuellement de voir tous les ruisseaux du nord,
et particulièrement ceux de la rue Saint-Antoine,
de la vieille rue du Temple, de la rue du Temple, ceux des rues Saint-Denis, Saint-Martin,
Montmartre, etc., s'éloigner continuellement de
la Seine à laquelle ils doivent se rendre, et couler même quelquefois à l'opposé de son propre

cours. On comprendra aisément les inconvéniens qui en sont résultés à plusieurs époques pour la ville, et les travaux immenses qu'il a fallu faire pour rendre Paris, je ne dis pas agréable, mais même habitable dans plusieurs quartiers.

Cette partie du sol de Paris, située vers le nord et sur la rive droite de la Seine, était comme on vient de le voir, fort importante, et méritait les détails dans lesquels je suis entré, celle du côté opposé quoique moins importante, est cependant digne de quelqu'intérêt; ici tout est l'ouvrage de la nature, les travaux des hommes n'ont presque rien dénaturé.

Le cap dont nous avons parlé, et qui porte sur sa partie la plus avancée, les édifices du Panthéon et de Saint-Etienne, partage cette partie de Paris en deux portions; l'une à l'est, qui forme le faubourg Saint-Marceau, et l'autre à l'ouest, qui contient le faubourg Saint-Germain.

Le premier de ces faubourgs est coupé du sud au nord, par une vallée dans laquelle coule la petite rivière de Bièvre; cette vallée imprime une inflexion à tout le plateau qui se trouve sur le sommet de la montagne, de sorte qu'une grande partie des ruisseaux de ce quartier s'éloigne d'abord de la Seine, et coule même dans une direction opposée à son cours, pour aller se rendre dans la Bièvre, qui, sous le rapport des égouts de Paris, présente l'analogie la plus frappante avec le ruisseau de Ménilmontant ; il n'y a que les eaux qui tombent au bas de la montagne et sur les parties qui regardent le nord, qui coulent directement à la Seine.

Le faubourg Saint-Germain, entièrement situé à l'ouest du faubourg Saint-Marceau, et à l'est de la vallée où est Vaugirard, est dans tous les points dirigé vers la Seine par une pente excessivement douce, il ne présente sous ce rapport aucune particularité.

J'ai pu voir et vérifier par moi-même tout ce que je viens de rapporter sur le sol de Paris ; les notions historiques sont extraites des auteurs qui ont écrit sur cette grande ville, et surtout des ouvrages de M. l'ingénieur en chef, Girard, auquel j'emprunte encore presque tout le chapitre suivant.

CHAPITRE III.

HISTOIRE DES ÉGOUTS DE PARIS (8).

Tant que Paris ne fut entouré que de murs du côté du midi, les eaux des faubourgs Saint-Germain et St-Marceau, se rendaient à la Bièvre en suivant la pente et l'inclinaison du terrain ; mais lorsque cette partie eut été environnée de fossés vers 1356 sous le roi Jean, les eaux des égouts du quartier Saint-Germain-des-Prés, depuis la porte de Bussy jusqu'à la tour de Nesle, furent introduites dans ces fossés, et elles ont continué à suivre la même route, le long de l'égout voûté qui commence près de l'École de médecine, et se rend à la Seine au-dessous du Palais des Arts. (Antiquités de Paris, par Sauval, tom. I, p. 248.)

Sur la rive opposée, dont les détails renfermés dans le chapitre précédent nous ont fait connaître la configuration, la rigole découverte qui venait du quartier Montmartre, et qui conduisait les eaux dans le ruisseau de Ménilmontant, ayant été renfermée en partie dans l'enceinte de Charles VI, Hugues Aubriot (9) qui était alors

prévôt des marchands, la fit revêtir et couvrir
de maçonnerie ; c'est le plus ancien égout voûté
qui ait été construit, et voilà pourquoi, sans
doute, quelques historiens ont attribué à Hugues
Aubriot, le premier établissement des égouts de
Paris. (Antiquités de Paris, par Sauval, tom. I,
pag. 248 et suiv.)

Tout l'espace compris entre l'enceinte de Philippe-Auguste, la rue Saint-Antoine, les fossés
de la Bastille et la rivière, fut, comme on sait,
l'habitation ordinaire des rois de France pendant le XIV siècle ; les eaux de ce quartier descendaient vers l'emplacement actuel de la fontaine de Biragues, vis-à-vis l'église Saint-Paul ;
là, elles entraient dans un égout couvert, prati-
qué sous la rue Saint-Antoine qui les conduisait jusqu'aux fossés de la Bastille. Le voisinage de cet égout, appelé *le pont Perrin*, était
d'une incommodité excessive pour l'hôtel Saint-
Paul ; il fut détourné en 1412, à travers la cul-
ture-Sainte-Catherine ; on lui fit suivre la rue des
Égouts et celle de Saint-Louis (Registre de la
ville, vol. XV, fol. 117 ; vol. XVI, fol. 552),
à l'extremité de laquelle on le détourna à l'ouest,
parallèlement aux murs de l'enclos du Temple.
Arrivé à la porte de ce nom, il traversait le fossé
de la ville par un canal de maçonnerie, et il entrait au-delà de ce fossé, au moyen d'une ou-

verture faite à la contrescarpe, dans le lit de
l'ancien ruisseau de Ménilmontant. Ce même
canal qui traversait le fossé près de la porte du
Temple, recevait du côté opposé un autre égout
dont l'origine était dans la rue Saint-Denis, vis-
à-vis le monastère des Filles-Dieu, il suivait la
rue actuelle du Ponceau, traversait la rue Saint-
Martin, et se prolongeait dans celle du Vert-
bois jusqu'à son entrée dans le fossé ; ces deux
égouts étaient entièrement découverts. On voit
par l'indication que nous venons de donner de
leurs directions respectives, que le premier recevait les eaux des quartiers compris à l'est de la
rue du Temple ; et le second, celles des quartiers compris à l'ouest de la même rue. Les eaux
des quartiers des halles, situés de l'autre côté de
la rue Saint-Denis, se rendaient en suivant la
rue actuelle du Cadran, à l'égout voûté de la
rue Montmartre ; celui-ci traversait le fossé dans
une auge de madriers soutenue par des palées
de charpente ; il se réduisait au-delà de la contrescarpe, à une simple rigole, creusée en pleine
terre, à travers le faubourg Montmartre, jusqu'au ruisseau de Ménilmontant qui avait pris
le nom de *Grand égout de la ville*, parce qu'il
recevait en effet, presque toutes les eaux de sa
partie septentrionale.

Il est aisé de concevoir que les égouts découverts, dont le développement était considérable et la pente très-faible, se trouvaient fréquemment encombrés d'immondices et d'eaux stagnantes. Le palais des Tournelles, situé dans l'emplacement actuel de la Place-Royale et des rues adjacentes, était particulièrement incommodé par le voisinage de l'égout Sainte-Catherine ; Louis XII et François Ier qui habitaient ce palais, s'en plaignirent à diverses reprises, et demandèrent au prévôt des marchands de détourner le cours de cet égout (Antiquités de Paris, tom. I, pag. 251), Soit que l'on jugeât ce changement impraticable, soit que la ville n'eût pas les moyens de l'opérer, les ordres qui furent donnés à cet égard restèrent sans exécution ; il est même constant que pour procurer à sa mère, la duchesse d'Angoulême, une habitation plus salubre que le palais des Tournelles, François Ier fit négocier, en 1518, l'échange de sa terre de Chanteloup contre l'emplacement actuel des Tuileries (Histoire de Paris, tom. III, p. 576).

Henri II, qui continua à demeurer au palais des Tournelles, fit appeler à Saint-Germain, en 1550, le prévôt des marchands, et l'un des échevins pour leur renouveler l'ordre formel de changer le cours de l'égout qui passait autour de son palais (Registres de la ville, vol. XXII, fol. 55). Il leur prescrivit d'examiner s'il n'était

pas possible de le conduire dans la Seine ou
dans les fossés de la ville ; il chargea en même
tems Philibert de Lorme, son architecte, de reconnaître, de concert avec le bureau de la ville,
les meilleures dispositions à prendre pour opérer
ce changement (Registres de la ville, vol. IV,
fol. 202). Comme on s'occupait dans ce tems du
grand projet de rendre navigables les fossés de
l'enceinte de Charles V, depuis la Bastille jusqu'au
Louvre, en y introduisant un bras de la Seine,
on proposa d'y faire tomber les égouts, mais ce
projet ne fut pas exécuté.

De nouvelles lettres du roi au bureau de la
ville du 23 mars 1553, prescrivirent de changer
le cours des égouts ; on se borna à enregistrer les
lettres, et à donner l'ordre au maître des œuvres de faire nettoyer tous les ans les égouts
dont on se plaignait (ibid. vol. XV, fol. 574).

L'accident qui occasiona la mort de Henri II
en 1559, ayant, comme on sait, déterminé Cathe-
rine de Médicis à abandonner le palais des Tournelles, il fut démoli en 1564. Ainsi les mêmes
motifs de détourner les égouts dont ce palais était
entouré, cessèrent d'exister.

Les choses restèrent telles que nous venons
de le décrire, jusqu'au règne de Henri IV sous
lequel, en 1605 (Registres de la ville, vol V,
fol. 300), François Miron, prévôt des mar-

chands (10), fit revêtir de maçonnerie l'égout du
Ponceau, depuis la rue Saint-Denis, jusqu'à la
rue Saint-Martin ; et, ce qui est digne de remarque, c'est qu'il fit exécuter ce travail à ses propres dépens (Recherches sur Paris, par Jaillot,
tom. II, pag. 42). Cependant les successeurs de
François Miron n'apportèrent pas le même zèle
à l'amélioration et à l'entretien des égouts ; il
paraît même que l'on négligea d'en faire le nettoiement annuel qui avait été ordonné, puisqu'en 1610, Marie de Médicis, régente, crai-
gnant que la stagnation des immondices dont ils
étaient encombrés, n'occasionât quelque maladie contagieuse (11), chargea un trésorier de
France de passer l'adjudication de ce nettoiement (Registres de la ville, vol. XVIII,
fol. 68).

L'égout de la *Courtille-Barbette,* correspondant à celui de la Vieille-rue-du-Temple, traversait le nouveau quartier du Marais, et se
trouvait fort au-dessous du pavé de ces nouveaux quartiers, dont le sol venait d'être exhaussé ; il fut voûté en 1619, depuis son entrée
actuelle, jusqu'à l'extrémité de la rue des Filles-
du-Calvaire (Registres de la ville, vol. XVIII,
fol. 268), et prolongé en 1623 à travers le rempart, et conduit dans les fossés de la ville, au
fond desquels on le fit couler jusqu'à la rivière.

On couvrit successivement de voûtes les égouts Sainte-Catherine, et de la rue Saint-Louis.

Tous ces ouvrages, quoique terminés vers l'année 1634, n'avaient pas été exécutés par la ville aussi promptement qu'ils auraient pu l'être ; en effet, dès 1611, HuguesCosnier, renouvelant le projet de Desfroissis, proposa au conseil du roi de jeter les égouts dans les fossés de la ville, qu'on aurait rendus navigables par l'introduction d'un bras de la Seine ; cette proposition, publiée en 1618, fournit, sur l'état des égouts de Paris à cette époque, des renseignemens précieux. On y voit que les eaux étaient stagnantes, et que l'ancien fossé de l'enceinte de Charles VI, entre le Louvre et les Tuileries, là où est aujourd'hui la place du Carrousel, servait de réceptacle aux eaux du quartier Saint-Honoré, ce qui répandait l'infection dans tout le voisinage.

Le projet de la compagnie de Cosnier ne fut point accueilli, mais en 1631 le roi fit avec Pierre Pidou, secrétaire de sa chambre, un traité par lequel celui-ci fut chargé d'enfermer dans une nouvelle enceinte, les Tuileries, les faubourgs Saint-Honoré et Montmartre, la ville neuve et les places adjacentes ; les fossés de cette enceinte devaient recevoir les eaux de la Seine, et être rendus navigables depuis l'Arsenal,

jusqu'à la porte de la Conférence ; ils auraient
été à cet effet bordés de quais ; et comme il
n'aurait pas été convenable d'y laisser entrer
les égouts, on devait construire entre le canal de
navigation et les murs de la ville, une grande
cloaque de douze pieds de largeur, dans laquelle
seraient tombés tous ceux de la partie septentrionale de Paris. Cette cloaque aurait pu être
lavée au besoin, par les eaux de la rivière qu'on
y aurait fait entrer. La nouvelle enceinte, fortifiée
depuis la porte Saint-Denis jusqu'à celle de la
Conférence, fut la seule partie du projet de
Pierre Pidou que l'on exécuta. (Histoire de la
ville de Paris, tom. IV, pag. 91.) Le système
général des égouts ne reçut aucune amélioration;
toutes les dépenses faites chaque année, se ré-
duisaient à celles de leur nettoiement, dont
on passait une adjudication publique.

Une description des égouts dressés en 1663,
les distingue en égouts voûtés et en égouts découverts; les premiers avaient ensemble 1027
toises de longueur, les seconds 4121 toises, dont
faisait partie le grand égout dont nous avons précédemment parlé, et qui occupait l'emplacement
de l'ancien ruisseau de Ménilmontant (Registre
de la Ville, vol. XL, fol. 441).

On voûta quelques parties de l'égout des Filles-
du-Calvaire et de celui du Ponceau, dans l'inter-

valle de 1663 à 1671 ; ce fut vers cette époque que Louis XIV ayant formé le conseil de police, composé des meilleures têtes et des plus grands seigneurs de la cour, lui enjoignit de *s'occuper principalement* de la netteté et de la salubrité de la ville ; et, comme le bon état des égouts devait nécessairement y contribuer, il fut arrêté que le prévôt des marchands et les échevins en feraient la visite tous les ans, accompagnés du maître des œuvres. Les procès-verbaux de ces visites sont inscrits dans les registres de la Ville.

Ce fut aussi dans le même tems que l'on construisit l'égout de l'hôtel des Invalides, qui traverse l'esplanade, et se jette dans la Seine, vis-à-vis les Champs-Élysées.

Soit que le fond du grand égout découvert, à partir du bastion du Temple jusqu'à Chaillot, se fût exhaussé par les décombres et immondices qui n'en étaient point enlevés avec exactitude, soit qu'en exécutant les égouts voûtés de la rue Saint-Louis et de la Vieille-rue-du-Temple, on en eût trop abaissé le pavé, il arrivait que ces derniers s'engorgeaient aux moindres pluies, et que les maisons de ces quartiers en étaient inondées (Traité de la Police, tom. IV, p. 410) (12).

Ces désordres, dont on ne s'était pas suffisamment attaché à reconnaître les causes, provoquèrent les habitans à demander la suppression de ces égouts, en offrant de contribuer aux dépenses que cette suppression pouvait occasioner; un arrêt du conseil du 24 avril 1691, chargea une commission de proposer tous les changemens nécessaires; mais, effrayée par la grandeur des dépenses, on ne fit rien jusqu'en 1714.

L'égout de la Vieille-rue-du-Temple se trouvait tellement dégradé, qu'on fut obligé de le reconstruire, et, pour faire couler les eaux de ce quartier pendant la durée de cette opération, on creusa, extérieurement à l'égout, une cunette provisoire, qui se déchargeait dans les fossés du Pont-aux-Choux, et de là à la rivière par ceux de l'Arsenal.

Cette réparation étant achevée, on s'aperçut que le fond de cet égout était inférieur à celui du grand égout découvert, d'où il s'ensuivait que ce dernier ne pouvait recevoir les eaux du quartier du Temple, à moins qu'il ne fût approfondi convenablement; on laissa donc subsister l'écoulement provisoire jusqu'en 1718, époque à laquelle on reconstruisit entièrement l'égout de la rue Saint-Louis, depuis la rue de l'Écharpe jusqu'à celle des Filles-du-Calvaire.

Les quartiers du Louvre, de Saint-Honoré, et de la butte Saint-Roch, ayant été couverts de nouveaux hôtels pendant la Régence, on reconnut la nécessité de reculer les limites de la ville

an-delà du rempart, entre les rues d'Anjou, de
la Ville-l'Évêque et du faubourg Montmartre;
on accorda quelques priviléges à ceux qui voudraient s'y établir (13), mais le voisinage du
grand égout en aurait éloigné les habitans que
l'on voulait y attirer, si on l'avait laissé dans
l'état où il se trouvait (Traité de la Pol., tom. IV,
pag. 408). Des lettres-patentes du mois de mars
1721, ordonnèrent qu'il serait recreusé entre la
rue des Filles-du-Calvaire et le ponçeau de Chaillot; le prévôt des marchands fut en conséquence
autorisé à acquérir tous les terrains nécessaires
pour faire revêtir de murs le grand égout, et à le
couvrir d'une voûte, ainsi que celui de la rue de
Gaillon jusqu'à la barrière des Porcherons; mais
ces dispositions ne furent point exécutées.

Un arrêt du conseil ordonna, en 1734, de
voûter aux frais des propriétaires riverains, la
portion de l'égout Montmartre comprise entre
le boulevard et la barrière. (Lamarre, tom. IV,
p. 788, et Registres de la Ville, vol. LXXIX,
fol. 158.) Cependant l'encombrement du grand
égout, la stagnation des immondices dont il était
le réceptacle, et les craintes de voir la salubrité
publique compromise par cet état de choses, provoquèrent un nouvel arrêt du conseil d'état, du
26 mars 1737, qui autorisa une seconde fois le
prévôt des marchands à traiter, de gré à gré, des

portions de terrain nécessaires pour l'amélioration du grand égout découvert et de ses embranchemens (Traité de la Police, tom. IV, p. 783 ; Registres de la Ville, vol. LXXX, fol. 87).

Il fut en effet jugé convenable de lui ouvrir un nouveau lit, dans la crainte d'asphyxier les ouvriers qui auraient travaillé au remuement des terres, dans lesquelles était le lit ancien ; sa longueur qui était de 3,166 toises, se trouva réduite à 3,106 ; sa pente totale, depuis le plafond de l'égout du Calvaire jusqu'au niveau des basses eaux de 1719 à Chaillot, fut trouvée de 17 pieds, 11 pouces, 10 lignes (Description de Paris par Piganiol de la Force, tom. IV, p. 381 et suiv. ; Registres de la Ville, vol. LXXXI, fol. 459). On ne la distribua point uniformément sur toute la longueur de l'égout, mais elle fut fixée à une demi-ligne par toise depuis son origine jusqu'au ponceau de la Nouvelle-France ; à trois quarts de ligne par toise, depuis ce ponceau jusqu'à celui du faubourg Saint-Honoré ; de ce point au quai de Chaillot, elle fut réglée à une ligne par toise ; enfin on donna deux pieds de pente à l'avant-radier, qui se prolonge dans la rivière. On verra par la suite de ce travail, de quelle importance est cette pente pour la perfection des égouts et pour leur salubrité. Cet égout fut construit avec le plus grand soin, on ne se contenta pas de le paver, on voulut qu'il fût garni dans toute son étendue d'immenses dalles de pierre, pour que rien ne pût arrêter les immondices ; on donna aux murs latéraux cinq pieds de hauteur, leur couronnement servait de trottoir d'où l'on pouvait facilement le nettoyer ; les terres au-dessus de ces trottoirs formaient des berges inclinées sous un angle de quarante-cinq degrés, de sorte que la cunette de l'égout et ses dépendances se trouvaient enfermées dans un espace de six toises que les propriétaires riverains étaient tenus de border de murs ou de haies vives ; l'emplacement de l'ancien égout fut abandonné en échange du terrain sur lequel le nouveau venait d'être tracé ; tous ces ouvrages furent terminés en 1740.

Cet immense travail dû aux soins et à l'activité de Turgot (14), rendait, à la vérité, le nettoiement de cette grande cloaque beaucoup plus facile, mais comme elle restait découverte, et que la pente en était excessivement faible, elle s'engorgeait facilement, et continuait à répandre l'infection dans tout le voisinage ; Turgot pensa (Registres de la Ville, vol. LXXX, fol. 87 et suiv.— Traité de la Police, tom. IV, page 783. — Description de Paris par Piganiol de la Force, tom. IV, p. 381) que le meilleur moyen de procurer un écoulement facile aux eaux bourbeuses qu'elle recevait, était de la nettoyer par des lavages fréquens. Un vaste réservoir, qui pouvait contenir environ 22,000 muids d'eau, fut en conséquence établi à l'origine de cet égout, vis-à-vis la rue des Filles-du-Calvaire; les eaux de Belleville y étaient introduites avec celles de deux puits creusés dans la même enceinte, ce volume d'eau était, à certains jours, lâché dans le grand égout, au moyen de bondes que l'on ouvrait à volonté; le lavage du grand égout par un courant d'eau vive attira l'attention publique, et produisit les plus heureux résultats (Registres de la Ville, vol. LXXXI, fol. 459). Bientôt on put s'établir sur les bords de cet ancien fossé, sans avoir à craindre aucune exhalaison dangereuse; les quartiers du faubourg Montmartre, de la Chaussée-d'Antin, de la Ville-l'Évêque et du faubourg Saint-Honoré se peuplèrent; enfin le terrain devint si précieux dans ces différens quartiers, que les propriétaires riverains du grand égout demandèrent et obtinrent la permission de le couvrir d'une voûte qui serait exécutée à leurs frais; mais comme après l'exécution de cette voûte, les inconvéniens attachés à la stagnation des immondices cessèrent d'être apparens, on se persuada qu'ils n'existaient plus, et on cessa d'employer au lavage de la grande cloaque les eaux qui avaient été rassemblées, à cet effet, dans le réservoir établi à son origine.

Indépendamment des travaux du grand égout, dont il vient d'être question, on a exécuté vers l'année 1754, l'égout de l'École Militaire à travers le Champ-de-Mars, et ceux de la rue Saint-Florentin, des Champs-Élysées et de la place Louis XV.

Les égouts qui contournent le Palais-Royal, sont de la même date que cet édifice, ils se jettent dans celui de la place du Carrousel, qui est, comme nous l'avons dit, un reste des fossés de l'enceinte de Charles VI.

Telle est l'histoire des immenses ouvrages qui ont été entrepris pour l'embellissement et l'agrandissement de la ville de Paris, et qui n'ont pu être exécutés que dans l'espace de quatre cents ans; on a pu voir par cette description les avantages que la ville en a retirés; je n'insiste pas sur ces avantages, ils sont tellement évidens, qu'ils frappent les moins clair-voyans.

Pendant la tourmente de notre révolution, les esprits étant tournés vers des objets d'un intérêt général, et les finances consommées par les dépenses de la plus étonnante guerre dont l'histoire fasse mention; on ne songea point aux travaux d'utilité locale; mais à peine le calme fut-il rétabli, que l'homme extraordinaire qui s'était emparé du pouvoir, voulant se signaler par tous les moyens possibles, ne négligea pas les égouts parmi les nombreux travaux qu'il fit exécuter dans Paris.

Le premier qui fut fait pendant qu'il était à la tête du gouvernement, est celui de la rue de Rivoli, qui commence au Château des Tuileries, et se rend, sous la place Louis XV, dans celui qui vient de la rue Saint-Florentin ; rien ne peut être comparé à la beauté et à la solidité de cet égout, il répond à la magnificence des monumens qui sont à la surface de la rue ; mais à quoi sert un pareil luxe sous terre ? on a donc eu raison d'y renoncer dans les constructions des égouts qui ont été faits depuis (15).

A peu près dans le même temps qu'on exécutait l'égout de la rue de Rivoli, on construisit sur le Carrousel les embranchemens qui se trouvent le long de la grille, et que l'on conduisit dans l'égout qui traverse la place.

Le plus grand et le plus magnifique de tous les travaux qui ont été faits depuis l'égout de Rivoli, est celui des rues Saint-Denis et du Ponceau, il vient jusqu'à la fontaine de la place des Innocens, et porte deux rangs de consoles qui soutiennent les tuyaux qui y entrent par la gallerie de Saint-Laurent ; comme c'était la première fois que les égouts étaient consacrés à ce nouvel usage, beaucoup de gens le visitèrent. J'y ai vu Napoléon lui-même qui parcourut tous les travaux, et se fit rendre compte de tout dans le plus grand détail (16).

Jusqu'en en 1814 on a construit l'égout de la rue Montmartre, celui de la Salpêtrière, et ceux de la rue d'Iéna et de la Vierge. Je ne compte pas parmi les égouts, les galeries Saint-Laurent et des Martyrs, elles ne sont que de véritables aqueducs.

Enfin, depuis 1814 on a fait les égouts des cinq abattoirs, dont l'étendue réunie est véritabement immense; ceux des rues de Richelieu et Croix-des-Petits-Champs, celui de la rue Pinon, celui de la Pompe-à-Feu du gros Caillou, un petit à la place Maubert, et celui de la ménagerie du Jardin des Plantes.

CHAPITRE IV.

DESCRIPTION PARTICULIÈRE DES ÉGOUTS DE PARIS.

A PEINE avais-je commencé cette description des égouts de Paris, que je ne tardai pas à reconnaître quelle serait sa sécheresse et son aridité, combien il me serait difficile de donner, en peu de mots, une idée nette et précise des lieux qu'ils parcourent, et surtout de désigner d'une manière exacte l'étendue du terrain, qui, par ses inflexions et la disposition de sa surface, envoie dans un égout ou dans un autre l'eau qui tombe à sa superficie ; ce qui forme ce qu'on appelle le bassin de chacun d'eux.

Pour obvier à cet inconvénient, j'ai pensé qu'une carte, diversement enluminée et tracée sur une grande échelle, remplirait mieux mon but ; et c'est ce que je suis parvenu à faire avec des soins et des peines infinies, mais avec un succès qui m'a fait oublier les fatigues et l'ennui inséparables d'un pareil travail.

Je possède cette carte, peut-être unique dans Paris ; mais comme il m'est impossible de la joindre à cet ouvrage à cause du prix qu'exigerait sa confection ; je me vois obligé de recourir, malgré moi, à la description que je voulais éviter, uniquement pour ceux qui, par état, voudraient acquérir sur les égouts de Paris des connaissances positives ; mais l'ennui qu'elle m'a causé à moi-même me fait prévoir qu'elle sera certainement mise de côté par la plupart de mes lecteurs.

Ce chapitre contiendra donc, en trois sections,

1° La description des égouts voûtés ;

2° Celle des égouts découverts ;

3° Celle des égouts peu nombreux qui, par

exception à la règle générale, se perdent dans la terre par infiltration.

~~~~~~~~~~~~~~~~~~~~~~~~~~~~

SECTION PREMIÈRE.

Système des Égouts voûtés.

Les égouts voûtés du côté droit de la Seine sont :

1º Le grand égout de ceinture qui en reçoit une multitude qui sont : celui de l'hôpital Saint-Louis, celui de Lancry, celui de l'abattoir Montmartre, celui de l'abattoir du Roule, qui tous se trouvent à sa droite ; et à sa gauche : les égouts de la Veille-rue-du-Temple, de la rue du Temple ; de la rue du Pont-aux-Biches, des rues Saint-Denis et du Ponceau, de la rue Montmartre, de la rue Grange-Batelière, enfin celui de la rue du Mont-Blanc.

Ce grand égout forme, à lui seul, un système particulier bien distinct de tous les autres.

2º Les autres égouts de ce côté de la Seine, entièrement séparés du grand égout se rendent à la rivière par 21 ouvertures, ils sont :

L'Égout Amelot réuni à celui de l'abattoir de Popincourt, celui du petit Musc, celui de la Grève, ceux des rues de la Tannerie, de la

Vieille-Lanterne, de la *Vieille-Tuerie*, de la *Jouaillerie*, de la *place du Châtelet*, de la *Saulnerie*; des arches *Pepin* et *Marion*; celui de la *place de l'École*.

Viennent ensuite les égouts de la barrière des *Sergens*, de la rue *Froidmanteau*, de la place du *Carrousel*; ceux du *Palais* et du *Jardin des Tuileries*; celui de la *place Louis XV*; enfin ceux de la *Pompe à Feu*, de la rue *Saint-Pierre* à Chaillot; et celui qui, maintenant abandonné, devait servir au palais projeté vis-à-vis le pont d'Iéna.

Ceux du côté gauche de la Seine s'y rendent par 24 ouvertures, ils sont : ceux de la *Salpétrière*; de la *Ménagerie*; de la *Halle aux vins*; des *Grands* et *des Petits dégrés*; de la *place Maubert*; de la rue de la *Bucherie* et du *pont Saint-Michel*; viennent ensuite ceux de *l'École de Médecine*; de la rue de *Seine*; de la rue *Saint-Benoît*; deux *petits* sur le quai Voltaire, destinés à des maisons particulières; ceux des rues de *Poitiers*, de *Belle-Chasse* et de *Bourgogne*; celui du *Palais Bourbon*; celui des *Invalides*; les trois du *Gros-Caillou*; enfin celui de *l'École Militaire*.

Les égouts du faubourg Saint-Marceau ne se rendant pas dans la Seine, mais tombant dans la Bièvre, forment une division particulière, ce sont :

l'égout de l'abattoir de Villejuif ; ceux des rues de *Buffon ;* de *Poliveau ;* du *Pont-aux-Biches ; Censier ; Fer-à-Moulin ;* enfin du *Moulin-Fidèle.*

Il faut joindre à ces égouts ceux des îles de la Seine au nombre de douze ; un seul pour l'île Saint-Louis, les autres pour la Cité.

Et deux autres tout-à-fait isolés, celui qui conduit dans la pépinière du Luxembourg les eaux de la rue d'Enfer ; et celui qui fait passer sous les bâtimens du Val-de-Grâce, les eaux de la partie supérieure de la rue Saint-Jacques.

§ Ier COTÉ DROIT DE LA SEINE.

Grand égout de ceinture. Cet égout tire son nom de son étendue et de sa position ; il commence rue de l'Égout, vis-à-vis Saint-Paul; pénètre dans la rue Saint-Louis jusqu'à la rue de Boucherat : là, il se détourne à droite, suit la rue des Filles-du-Calvaire, traverse le boulevard, pénètre dans la rue des Fossés-du-Temple, et en passant au dessous des trois théâtres qui se trouvent sur le boulevard, il arrive à l'entrée du faubourg du Temple.

A partir de cet endroit, il parcourt, en gagnant la rue de l'Arcade, toutes les rues suivantes : la rue Neuve-Saint-Nicolas, la rue Saint-Jean, les rues des Petites Ecuries, Richer, de Provence et Saint-Nicolas.

De la rue de l'Arcade à la rivière, il se trouve situé dans des propriétés particulières, et passe transversalement sous les rues de l'Arcade, d'Anjou, d'Astorg, de la Ville-l'Evêque, de Miroménil, et du Faubourg-Saint-Honoré. Il suit après la rue d'Angoulême, et traverse l'avenue de Neuilly au bas du jardin de Marbeuf, et en côtoyant la rue des Gourdes, il va se jeter dans la Seine au-delà de la Pompe à feu.

Son étendue est de. . . . 6866 mètres (17).

Il a un grand nombre d'embranchemens de peu d'importance, qui, réunis à ceux de la place Royale et de l'avenue de Neuilly, des rues Pinon, Saint-Georges, de l'Arcade, etc., peuvent avoir de longueur. . . . . 927 mètres.

Les égouts secondaires qu'il reçoit, sont au nombre de onze; ils méritent, par leur importance et leur étendue, une description particulière, ce sont, dans l'ordre suivant:

L'égout de l'hôpital Saint-Louis. Il commence dans les jardins qui sont vis-à-vis cet hôpital, traverse la rue des Marais, suit la rue Sanson jusqu'au grand égout.

L'importance de l'hôpital Saint-Louis, où sont traitées toutes les maladies cutanées, et le magnifique établissement de bains qu'il contient, destiné aux indigens de Paris, donne à son égout un intérêt particulier.

Sa longueur actuelle est de . . . 170 mètres.

Il est probable que les travaux du canal Saint-Martin, au dessous duquel il doit passer, apporteront quelques changemens dans sa direction.

Outre l'hôpital Saint-Louis, il dessert les rues Saint-Louis, Saint-Maur, et du Buisson.

L'égout de Lancry. Il ne mérite pas de description particulière.

Il reçoit les eaux de toute la rue de L'hôpital-Saint-Louis, et par l'intermédiaire de la rue Grange-aux-Belles, toutes celles de la partie supérieure du faubourg Saint-Martin.

Sa longueur est de . . . . 120 mètres.

L'égout de l'abattoir Montmartre. Il est le plus long de tous ceux qui se trouvent du côté droit du grand égout. Il sort de l'abattoir en faisant plusieurs circuits, parcourt les rues de Rochechouard et Cadet, et se termine aux angles des rues Richer et du faubourg Montmartre.

Sa longueur est de . . . . . . 1120 mètres.

L'égout de l'abattoir du Roule. Il ne présente rien de particulier.

Sa longueur est de . . . . . . 310 mètres.

L'égout de la Vieille-rue-du-Temple. Il est le premier de ceux qui se trouvent sur la gauche du grand égout; il commence vis à vis la rue du

Perche, et se termine à celle des Filles-du-Calvaire.

Sa longueur, avec les embranchemens, est
de . . . . 365 mètres.

Son bassin est assez considérable : il est limité
par les rues de Paradis, des Blancs-Manteaux,
Simon-le-Franc, Saint-Merry, Sainte-Croix, du
Roi-de-Sicile, et toutes celles qui aboutissent à
la Vieille-rue-du-Temple.

L'égout de la rue du Temple. Moins considérable que le précédent, il commence vis-à-vis la
rue Notre-Dame-de-Nazareth, et en traversant
le boulevard, se jette aussitôt dans le grand
égout.

Sa longueur est de . . . . 212 mètres.

Son bassin s'étend jusqu'à la rue des Blancs-
Manteaux, et contient les rues du Temple, du
Grand-Chantier, et la moitié de toutes les rues
qui aboutissent à celles-ci.

L'égout de la rue du Pont-aux-Biches. Il
commence au bas de la rue de la Croix, traverse
les rues Neuve-Saint-Martin et Meslay, passe
sous le boulevard Saint-Martin à son point le
plus élevé, et tombe dans le grand égout vis-à-vis
celui de Lancry.

Sa longueur est de . . . . 353 mètres.

Il dessert les rues Aumaire, Frépillon et de

la Croix, tout le marché Saint-Martin et les rues voisines.

L'égout des rues Saint-Denis et du Ponceau.

Il est le plus considérable de tous ceux qui se trouvent de ce côté de la Seine. Il commence au milieu du marché des Innocens, suit la rue Saint-Denis jusqu'à celle du Ponceau, pénètre dans celle-ci jusqu'à la fontaine, et, en marchant en ligne droite, gagne le grand égout en passant au-dessous du boulevard Saint-Denis et des rues Neuve-Saint-Martin, Sainte-Apolline et Neuve-d'Orléans. Il offre un embranchement assez considérable qui amène l'eau des environs de la Porte-Saint-Denis.

Sa longueur est de . . . . . . 1558 mètres.

Son bassin comprend toute la rue Saint-Denis, depuis la porte de ce nom jusqu'au-delà du marché des Innocens ; la moitié de toutes les rues qui aboutissent à la rue Saint-Denis, et tout ce qui se trouve entre la rue Thévenot et la rue de Cléry.

L'égout Montmartre. Il vient pour l'étendue après ce dernier, il prend naissance à la pointe Saint-Eustache, suit la rue qui lui donne son nom, traverse le boulevard, et, en continuant la rue du faubourg Montmartre, il se jette dans le grand égout au coin de la rue Cadet.

· Sa longueur, réunie à celle de ses embranchemens, est de . . . . 1719 mètres.

Son bassin est fort considérable, il dessert
toutes les halles, la halle au blé, la rue Coquillière, la place des Victoires, la rue Notre-Dame-
des-Victoires, et la moitié de toutes les rues qui
partent de la rue Montmartre.

L'égout Grange-Batelière. Il est très-court;
sa longueur est de . . . . 135 mètres.

Il dessert l'extrémité de la rue de Richelieu,
le pâté des Italiens et les rues d'Artois, Lepel-
letier et Grange-Batelière.

L'égout du Mont-Blanc. Il est le dernier de
tous ceux qui se trouvent sur le côté gauche du
grand égout. Il commence dans la rue du Port-
Mahon, pénètre dans celle de Louis-le-Grand,
traverse le boulevard, et suit toute la rue du
Mont-Blanc jusqu'à celle Saint-Nicolas.

Sa longueur avec son embranchement qui part
du boulevart et parcourt toute la rue de la Paix
jusqu'à la place Vendôme, est de. . 1150 mètres.

Il est destiné au terrain circonscrit par la rue
de Richelieu, la partie de la butte Saint-Roch
qui regarde le nord, le marché Saint-Honoré,
la rue des Capucines et le boulevard des Italiens.

Dans cette énumération de la longueur des
égouts, je n'ai parlé que de ceux qui sont voû-

ét, il faut y joindre une partie qui se trouve rue de Carême-Prenant, et une autre dans le voisinage de la rue Grange-aux-Belles, auxquels il manque une voûte.

Ils ont ensemble de longueur.... 6o3 mètres.

Je dois ajouter, pour compléter tout ce qui regarde le grand égout, que par l'intermédiaire des rues du faubourg Saint-Denis et du faubourg Poissonnière, par celui des rues des Martyrs, Pigale, Blanche et de Clichy, il reçoit directement dans son lit, non-seulement toute l'eau qui tombe dans ces rues, mais encore toute celle qui tombe hors Paris sur la partie méridionale de la montagne de Montmartre, et qui y pénètre par les barrières qui correspondent aux rues que je viens d'énumérer.

Par cette description aussi succincte qu'il m'a été possible de la faire, on comprend aisément quelle est l'immense étendue du bassin du grand égout, qui occupe à lui seul une surface bien supérieure à la moitié de Paris. Je m'en vais le circonscrire dans son ensemble, à cause de son extrême importance, qu'on n'aperçoit pas d'abord, mais que je démontrerai plus tard.

Ce bassin du grand égout n'est pas limité par les boulevards extérieurs comme je viens de le dire, il les dépasse en plusieurs points. Je le prends à la rue de l'Égout vis-à-vis Saint-Paul.

A partir de la rue de l'Égout, il remonte dans la rue Saint-Antoine, et suit celle des Tournelles dans toute son étendue ; en quittant cette rue, il suit une ligne qui seroit tracée au côté gauche du boulevart Saint-Antoine, qui traverserait ensuite le boulevard des Filles-du-Calvaire, et gagnerait le boulevard extérieur entre la rue de Ménilmontant d'une part, et celle de Saint-Sébastien et Saint-Ambroise de l'autre.

Ce bassin s'étend ensuite hors de Paris sur les montagnes de Ménilmontant, de Belleville et le revers méridional des buttes Saint-Chaumont jusqu'à la porte Saint-Martin ; en sorte qu'une partie de l'eau qui tombe sur ces montagnes et dans tout le village de Belleville, retenue par le pavé, est introduite dans Paris par les barrières de Ménilmontant, de Ramponneau, de Belleville et du Combat.

A partir de la barrière Saint-Martin, le boulevart extérieur forme la limite du bassin jusqu'à celle du faubourg Poissonnière. Là, cette limite se recule, s'étend sur le sommet de Montmartre, et rentre dans Paris à la barrière de Clichy, disposition qui, sous le rapport des eaux, est absolument identique à celle que viennent de nous offrir les montagnes de Belleville.

De la barrière de Clichy, ce bassin s'étend directement à la Seine, en passant à travers le parc de Mouceaux, jusqu'au-dessus de Chaillot, par les barrières du Roule et de Neuilly.

Je passe à l'examen de l'autre ligne qui circonscrit ce bassin du côté de la Seine.

En partant encore de la rue de l'Égout, elle suit la rue Saint-Antoine dans une direction opposée à l'autre ; les places Baudoyer et du Marché-Saint-Jean, les rues Sainte-Croix, Saint-Merry, des Lombards, de la Ferronnerie et Saint-Honoré, jusqu'à la rue du Four.

Arrivé à cette dernière rue, cette ligne change de direction ; elle gagne la halle au blé, les rues Coquillière et Notre-Dame-des-Victoires, la nouvelle Bourse, se contourne ensuite, gagne la rue Neuve-Saint-Augustin, la rue d'Antin, la place Vendôme, traverse le boulevard, passe derrière l'église de la Magdeleine, et vient regagner le faubourg Saint-Honoré et la rivière par le milieu des champs Elysées.

Je le répète, la connaissance de cette disposition est de la plus haute importance ; elle sert à expliquer les accidens arrivés quelquefois dans le grand égout ; elle peut indiquer les moyens de les prévenir, et empêcher qu'ils ne reviennent fréquemment, comme cela arrivera infailliblement si on ne prend quelques précautions.

Cette description du grand égout, et de tous

ses affluens terminée, j'examine ceux qui se rendent directement à la Seine.

L'égout Amelot. Il est le premier et le plus important de tous. Il commence au bas de la rue Saint-Sébastien, dans la rue qui porte son nom, et la suit en droite ligne jusqu'à celle du Chemin-Vert. Là il se détourne à gauche, puis il fait un demi cercle pour rentrer dans la rue Amelot, vis-à-vis le nouveau Grenier-à-sel. Il traverse ensuite la place de la Bastille, et va gagner en droite ligne la rivière, au-dessous de la voûte qui lui a été faite sous le trottoir des fossés de l'arsenal.

Cet égout a trois embranchemens principaux ; celui de la place de la Bastille, celui de la rue de la Roquette et celui de la rue Saint-Claude.

Il reçoit encore dans la rue du Chemin-Vert, l'égout particulier de l'abattoir de Popincourt ; son étendue, avec celle de ses embranchemens, est de . . . . 3905 mètres.

Le terrain qu'il dessert est considérable ; il est limité par le boulevard, les rues Saint-Sébastien, Saint-Ambroise et des Amandiers, jusqu'au cimetière du Père-la-Chaise ; par ce cimetière, et en rentrant dans Paris par une ligne qui, partant de la rue de la *Folie-Regnault,* tomberait à la place de la Bastille, en traversant les marais qui sont entre la rue de la Roquette et celle de Charonne.

Onze petits égouts se recontrent entre l'embouchure de l'égout Amelot et celui du Louvre ; ce sont ceux du *Petit-Musc*, de l'*hôtel de Ville*, ceux des rues de la *Tannerie*, de la *Vieille-Lanterne*, de la *Vieille-Tuerie*, de la *Jouaillerie*, de la *place du Châtelet*, de la *Savonnerie*, des *arches Pépin* et *Marion*, et de la *place de l'École*.

Tous ces égouts ont une très-faible longueur, ils desservent la partie méridionale du bourlet qui sépare leur bassin de celui du grand égout, et dont le sommet passe par les rues Saint-Antoine, de la Verrerie, des Mauvaises-Paroles, et des Fossés-Saint-Germain-l'Auxerrois.

Leur longueur réunie est de . . . 405 mètres.

L'égout du Louvre. Il commence à la barrière des Sergens ; traverse la rue de l'Oratoire, le palais du Louvre, et vient tomber sous la première arche du pont des Arts.

Son bassin comprend la place de l'Oratoire, les rues des Poulies et Saint-Honoré jusqu'à celle du Jour, tout le voisinage de la halle au blé, les rues du Coq et Croix-des-Petits-Champs.

Son étendue, avec celle des embranchemens qu'il a pour le service du Louvre, est de . . . . 557 mètres.

L'Égout Froidmanteau. Cet égout n'est pas terminé ; il commence rue Froidmanteau, passe sous la galerie du Louvre, et se termine au commenment du port Saint-Nicolas.

Sa longueur actuelle est de . . . 240 mètres.

Son bassin est fort circonscrit, il ne comprend que la place du Palais-Royal, et les rues qui y aboutissent.

L'égout du Carrousel. Il est, par ses nombreuses ramifications, un des plus importans de Paris.

Il commence dans la rue de Richelieu, au coin de la rue Neuve-Saint-Augustin, et traverse celle des Boucheries, passe sous la nouvelle galerie du Louvre, traverse le Carrousel, et se jette dans la Seine à l'extrémité du port Saint-Nicolas.

Les embranchemens de cet égout sont si multipliés, ils ont eux-mêmes des ramifications si nombreuses qu'il est impossible de les décrire; il suffit de dire qu'il en a quatre dans le Carrousel, qu'il reçoit tous ceux du Palais-Royal qui entourent ce palais en dedans et en dehors, et s'y ramifient à l'infini; enfin celui nouvellement construit de la rue Neuve-des-Petits-Champs.

Son bassin s'étend jusqu'à la rue Feydeau, et est circonscrit à droite par la rue des Bons-Enfans, et à gauche par celle de la Sourdière.

L'étendue de cet égout est de . . 2706 mètres.

L'égout des Tuileries. Il règne tout le long du Château, et n'est destiné qu'à son service.

Sa longueur est de . . . . 33o mètres.

Il existe un autre aqueduc dans le jardin destiné au trop plein des bassins de . . 170 mètres.

L'égout de la place Louis XV. Il traverse la
place Louis XV, et reçoit le grand et magnifique
égout de la rue de Rivoli. Il a un grand nombre
d'embranchemens, dont les deux principaux suivent les rues Saint-Florentin et des Champs-
Elysées.

Son bassin est circonscrit par la rue de l'É-
chelle, la moitié de la butte Saint-Roch, la rue
Saint-Honoré, la place Vendôme, le voisinage
de la Madeleine, et la rue des Champs-Elysées.

Il a de longueur . . . . 2278 mètres.

Enfin on trouve les deux égouts de Chaillot et
celui du pont d'Iéna, ayant ensemble 115 mètres.

§ II. coté gauche de la seine.

Ce côté de la Seine n'offre pas des égouts aussi
nombreux et aussi importans que le côté opposé, ils sont dans l'ordre suivant.

L'égout de la Salpétrière. Il n'est voûté que
dans la partie qui passe sous le quai de l'Hôpital.

Sa longueur est de . . . . 60 mètres.

Nous ne parlons pas ici de la partie non
voûtée qui est entre l'Hôpital et la voûte actuelle,

ni de tous ceux qui se trouvent dans l'intérieur de cette maison, leur développement est fort considérable.

L'égout de l'abattoir de Villejuif. Il part de cet abattoir, et se décharge dans la Bièvre sous le boulevard même.

Sa longueur est de . . . . 970 mètres.

Il ne présente rien de particulier.

La rivière de Bièvre présente sur ses bords plusieurs égouts qui sont ceux des rues de *Buffon*, de *Poliveau*, du *Pont-aux-Biches*, du *Fer-à-Moulin*, de la rue *Censier*, et du *Moulin-Fidèle*.

Je me contente de les indiquer, ainsi que celui qui transmet l'eau de la rue Saint-Jacques dans la rue des Bourguignons en passant sous le Val-de-Grâce, parce que leur bassin fait partie des égouts découverts.

Ils ont de longueur . . , ...319 mètres.

L'égout du Jardin des Plantes. Il ne sert qu'à la ménagerie des animaux vivans.

Sa longueur est de . . . . 140 mètres.

L'égout de la halle aux vins. Il parcourt la plupart des rues de ce vaste établissement.

Sa longueur est actuellement de 1050 mètres.

Quatre égouts, ceux des *grands* et des *petits Dégrés,* celui de la *place Maubert,* et celui de la rue du *Fouarre*, se trouvent vis-à-vis le bâtiment de l'archevêché.

Ils desservent le terrain circonscrit par les rues Saint-Jacques, Saint-Étienne-du-Mont, la montagne Sainte-Geneviève, la rue Saint-Victor, et toutes les rues qui y aboutissent.

L'égout de la rue de la Bucherie. Il est fort court.

Il ne sert qu'à la rue Saint-Jacques, à partir du Panthéon, et à quelques rues adjacentes.

L'égout du pont Saint-Michel. Il n'est pas plus étendu que le précédent.

Il dessert la rue de la Harpe toute entière, une partie de la rue d'Enfer, la rue Haute-Feuille, et toutes celles qui s'y rendent.

Le développement de ces six égouts réunis, est de . . . . 296 mètres.

L'égout de l'École de Médecine. Il commence auprès de l'école qui lui donne son nom; passe sous la Cour du Commerce, les bâtimens des Quatre-Nations, et tombe dans la Seine au Pont-des-Arts.

Sa longueur avec celle de ses embranchemens est de. . . . . 751 mètres.

Il est destiné aux rues Dauphine, St.-André-des-Arts, M. le Prince, et de Condé.

L'égout de Seine commence rue de ce nom au coin de celle des Marais, et tombe au bas du Pont-des-Arts.

Il dessert tout le Luxembourg, les rues de Tournon, de Bussy, et le marché Saint-Germain.

Son étendue est de. . . . . . . 229 mètres.

L'égout Saint-Benoît. Il est moins remarquable par son étendue que par la grande superficie de terrain qui lui envoie ses eaux. Il commence rue de l'Égout, passe sous les rues de Taranne, suit celle Saint-Benoît, et tombe au quai Malaquais; la Charité et le Mont-de-Piété, lui envoient par deux embranchemens leurs latrines.

Il dessert le terrain circonscrit par la rue Garencière, le jardin du Luxembourg, le boulevard du Mont-Parnasse, et enfin les rues du Petit-Vaugirard, du Cherche-Midi, et des Saints-Pères.

Son étendue, avec ses embranchemens, est de. . . . . 725 mètres.

Je n'ai pas parlé de quatre petits égouts particuliers, dont deux se trouvent vis-à-vis de la Monnaie, et deux sur le quai Voltaire.

Ils ont ensemble, d'étendue, . . . 80 mètres.

Quatre égouts se rencontrent pour le service du faubourg Saint-Germain, depuis celui Saint-Bénoît, jusqu'à celui des Invalides, ce sont ceux des rues de Poitier, de Belle-Chasse, de Bourgogne, et celui de la Chambre des Députés.

Leur étendue, réunis, est de. . 370 mètres.

Celui de la rue de Poitiers dessert la rue du Bac toute entière, et par elle, une partie des rues de Bourbon, de l'Université, de Saint-Dominique, de Grenelle, de Varenne, de Babilone et de Sèvres.

Ceux des rues de Belle-Chasse et de Bourgogne, ne servent guère qu'aux rues dont ils portent les noms.

L'égout Plumet vient après tous ceux-ci; il commence à la rue de ce nom, suit les boulevards neufs, et se jette dans la Seine en traversant l'esplanade des Invalides.

Il reçoit dans son cours deux égouts très-importans, celui de l'abattoir de Grenelle, et celui de l'Hôtel des Invalides.

La longueur totale de ces égouts réunie à celle de leurs embranchemens, est de. . 2860 mètres.

Son bassin contient l'esplanade entière des Invalides, les boulevards de ce nom, les rues de Sèvres, Plumet, du Petit-Vaugirard, et tout le vaste emplacement qui existe au-delà des Invalides et de l'École-Militaire.

Les égouts du Gros-Caillou sont au nombre de trois, et doivent être avant peu étendus; ce sont ceux de la boucherie des Invalides, de la Pompe, et de la Vierge.

Leur longueur, réunie, est de.. 330 mètres.

L'égout du Champ-de-Mars est enfin le dernier que l'on trouve de ce côté de la Seine ; il traverse le Champ-de-Mars jusqu'à son milieu , se détourne alors à gauche pour en sortir , et tombe dans la Seine à la barrière de la Cunette.

Sa longueur est de. . . . . . . 1350 mètres.

Il n'est destiné qu'au service de l'École-Militaire qui y envoie ses latrines.

§ III. ÎLES DE LA SEINE.

On en compte un seul dans l'île Saint-Louis.

Sa longueur est de. . . . . 47 mètres.

Dans la Cité il en existe onze qui sont très-courts , et souvent destinés à des établissemens particuliers.

Leur longueur, réunie, est de . . 340 mètres.

Dans cette énumération des égouts voûtés de Paris, dont la longueur totale est de 35846 mètres, je n'ai pas parlé de ceux qui se trouvent dans l'intérieur de plusieurs établissemens particuliers, comme la Salpêtrière, l'Hôtel des Invalides, et l'École-Militaire, ni de ceux qui se ramifient sous le Luxembourg ; je sais cependant que leur développement est fort considérable, surtout à l'Hôtel des Invalides.

SECTION II.

Système des Égouts découverts.

D'APRÈS mon premier plan, ce système particulier d'égout ne devait pas être compris dans ce travail, que j'avais spécialement consacré à l'examen des égouts voûtés ; mais comme ces deux systèmes, ainsi que le suivant, se trouvent en quelque sorte faire partie d'un tout, je suis obligé de m'en occuper pour faire disparaître une lacune, et parce que tot ou tard ils doivent nécessairement disparaître, et rentrer dans la première de ces catégories.

Les égouts découverts existent à droite et à gauche de la Seine ; ils traversent les faubourgs de Paris les plus importans et les plus considérables, soit par leur industrie, soit par leur nombreuse population ; ils sont :

Dans le faubourg Saint-Antoine, les égouts Traversière et de Rambouillet.

Et dans le faubourg Saint-Marceau, la petite rivière de Bièvre ou des Gobelins.

§ Ier. ÉGOUTS DU FAUBOURG SAINT-ANTOINE.

Egout Traversière. Il commence à la rue de

Charenton, suit celle qui lui donne son nom, et tombe dans la Seine au quai de la Rapée.

Le bassin de cet égout est immense, non-seulement il s'étend entre les fossés de la Bastille, la Seine, et la partie inférieure de la rue de Charenton, il reçoit encore toute la rue de Reuilly, toute celle du faubourg Saint-Antoine jusqu'à la barrière de ce nom, toute la rue de Montreuil, et celle de Charonne en son entier.

Par conformité avec ce que nous ont présenté les coteaux de Belleville et de Montmartre, le basin de cet égout sort de Paris et gagne les hauteurs de Charonne, de sorte que le pavé de cette rue qui se continue avec celui du village de ce nom, reçoit, retient, et fait entrer dans Paris, par la Barrière de Fontarabie, non-seulement l'eau qui tombe dans le village de Charonne, mais encore celle que reçoivent toutes les parties méridionales des hauteurs voisines.

Cette disposition du terrain et du pavé fait que la même chose a lieu à la barrière de Montreuil.

Il résulte de cette étendue immense, que ce ruisseau, qui est habituellement très-fort et très-abondant, le devient tellement à la moindre pluie, qu'il intercepte en un instant toute communication.

Comme il est exactement pavé, et que sa pente est considérable, il n'a pas, pour le voisinage, de graves inconvéniens.

Sa longueur est de. . . . . . . 740 mètres.

Égout de Rambouillet. Il commence au carrefour de la rue de Charenton et de la rue de Rambouillet, suit cette rue, la rue Villot, et tombe dans la rivière à la Rapée.

Il ne reçoit que la partie supérieure de la rue de Charenton.

Son étendue est de. . . . . . . 863 mètres.

De grandes améliorations ont été faites cette année à cet égout : il coulait auparavant en pleine terre et répandait une infection horrible dans toute la rue de Bercy, maitenant la rue est pavée et l'eau y coule sans s'y arrêter.

§. II. ÉGOUTS DU FAUBOURG SAINT-MARCEAU.

Rivière de Bièvre. L'importance extrême de cette rivière, sous le rapport de la salubrité publique du quartier qu'elle traverse, a, depuis long-temps, fixé l'attention des médecins et des philantropes ; je ne répéterai pas ce qu'a dit sur elle l'illustre M. Halle, ni ce que j'ai dit moi-même dans un mémoire qui m'est commun avec mon confrère et mon ami le docteur Pavet.

Je dirai seulement que la Bièvre est une petite rivière de près de sept lieues de cours ; qu'avant d'entrer dans Paris elle a déjà été salie et noircie par une multitude de grandes et magnifiques manufactures qui se trouvent sur ses bords; que dans Paris elle sert à une population entière de blanchisseuses qui, non-seulement y lavent leur linge, mais y envoient leurs eaux de savon et celles de leurs couleries; que sur les bords se trouvent quatre-vingt quatorze établissemens de tanneurs, de corroyeurs dont le nombre augmente tous les jours et qui occasionent une infection horrible.

Qu'elle reçoit par les égouts Censier, Fer-à-Moulin, etc., etc., dont nous avons parlé, non-seulement les eaux de cinq ou six hôpitaux, mais encore toutes celles qui tombent sur l'immense étendue limitée par le boulevard de l'Hôpital, ceux des Gobelins et Saint-Jacques, toute la rue Saint-Jacques jusqu'à l'Estrapade, les rues de Fourcy, Copeau et du jardin des Plantes, et de plus, l'égout de l'abattoir de Villejuif.

SECTION III.

Système des Égouts qui se perdent dans la terre par infiltration.

CE système, éminemment vicieux, de se débarrasser des eaux ménagères, est heureusement très-peu étendu dans Paris ; excepté toutefois pour les maisons particulières où les localités, ont forcé de l'adopter ; je ne parlerai que de ceux qui appartiennent à la voie publique, et qui sont : celui de la Pépinière du Luxembourg, celui de Picpus, celui du cloître des Bernardins, celui du cul-de-sac Saint-Sébastien, celui de la rue basse Saint-Denis, on pourrait y ajouter celui de la Chapelle hors la barrière Saint-Denis.

Égout de la pépinière. Cet égout, isolé de toutes parts, présente quelques particularités remarquables ; voici ce qui a donné lieu à sa formation.

On avait formé autrefois, dans le jardin des Chartreux, deux vastes mares, pour recevoir les eaux de la partie de la rue d'Enfer qui se trouve entre la porte du Luxembourg et l'Observatoire, et qui, par sa position déprimée, ne pouvait les envoyer, ni dans la Seine, ni dans la rivière de Bièvre ; on voit ces mares sur les anciens plans de Paris.

Lorsque ce jardin fut réuni au Luxembourg, et converti en pépinière, sous le ministère de M. Crétet, les mares furent comblées, et l'eau qu'elles recevaient, dirigée dans un aqueduc voisin, autrefois construit pour porter à la Seine le trop plein du réservoir des eaux d'Arcueil qui se trouve à côté.

Ce moyen était tout simple et tout naturel ; mais pouvait-on prévoir que les particuliers dont les propriétés sont traversées par l'aqueduc, et qui y avaient établi des barrages pour faire monter les eaux, et s'en servir pour leurs besoins domestiques, combleraient entièrement cet aqueduc aussitôt qu'une eau sale et dégoûtante aurait été mélangée à l'eau limpide qu'ils recevaient auparavant ? c'est cependant ce qui est arrivé, et ce qui a donné naissance à la mare infecte que nous voyons aujourd'hui dans la pépinière du Luxembourg. Il paraît qu'on a perdu les traces de cet ancien aqueduc, mais il est probable qu'il se rendait à la Seine par le chemin le plus court, car M. Héricart de Thury, dans ses travaux sur les carrières, l'a retrouvé dans les rues de l'Ouest, de Madame et de Vaugirard.

Je tiens ces détails du directeur actuel de la pépinière, par lequel j'ai pu encore connaître les graves inconvéniens de la mare, qui inonde toute la pépinière, non-seulement dans les grands orages, mais encore lorsque des réparations exigées par les tuyaux de l'aqueduc, forcent d'y suspendre le passage des eaux.

On a dernièrement diminué les inconvéniens de cette mare, en baissant le sol de la rue de la Bourbe, ce qui force une partie des eaux de la partie supérieure de la rue d'Enfer, de tomber dans le champ des Capucins.

Égout Picpus. Il n'est destiné qu'à la rue de ce nom, et à celles des Buttes et des Moulins qui s'y rendent. Il se perd par l'avenue de Saint-Mandé, dans la vallée de Fécamp, et cause par son infection de grands désagrémens aux maisons voisines; il faut dire cependant que son inconvénient a beaucoup diminué depuis qu'il s'est établi à Picpus une machine à vapeur.

Égout des Bernadins. Il n'offre rien de particulier.

Égout Saint-Sébastien. Il ne sert qu'au cul-de-sac de ce nom; il est tellement abandonné, qu'il a rempli toutes les caves des maisons voisines, au point que dans une de ces maisons occupée par un corroyeur, elle s'élève dans cette cave à cinq et six pieds. Les propriétaires ont plusieurs fois fait vider ces caves, mais elles se remplissent toujours en un instant.

On peut imaginer quel peut être l'inconvénient de cette inondation pour les maisons voisines, qui depuis plusieurs années sont privées de leurs caves; cependant elle ne paraît pas avoir eu sur la santé la moindre influence fâcheuse, comme il résulte des observations faites sur les lieux par le docteur Deslandes, et que ce confrère a bien voulu me communiquer.

Égout basse porte Saint-Denis. Les inconvéniens que je viens de signaler pour l'égout Saint-Sébastien, se retrouvent dans celui-ci ; au moindre orage les maisons voisines sont inondées, l'eau reste long-temps à s'infiltrer, et elle entraîne avec elle dans le cul-de-sac des masses considérables d'ordures.

Égout de la Chapelle. Je ne devrais pas en parler puisqu'il est hors de Paris ; je l'indique cependant pour faire remarquer l'horrible puanteur qu'il exhale, et pour faire comprendre quelle serait cette puanteur dans la ville et le voisinage, sans le secours de la Seine, et sans les travaux immenses que je viens de décrire.

CHAPITRE V.

NATURE DES SUBSTANCES ENTRAINÉES PAR L'EAU DANS LES ÉGOUTS DE PARIS; ET MANIÈRE DONT CES SUBSTANCES SE COMPORTENT AVEC ELLE.

L'ANALYSE chimique du produit des égouts n'ayant pas encore été faite, on ne sait rien de positif à cet égard ; mais tout prouve que la nature des substances, entraînées par les eaux qui y coulent, varie en raison d'un grand nombre de circonstances, dont les unes tombent sous les sens, et dont les autres ne peuvent être aussi facilement aperçues.

On voit en effet une immense différence entre les égouts ordinaires, c'est-à-dire qui reçoivent les eaux de nos maisons, et ceux de quelques établissemens particuliers ; comme les abattoirs, l'École-Militaire, l'Hôtel des Invalides, et l'hospice de la Salpêtrière. Ces trois derniers établissemens n'ayant pas de fosses d'aisance, envoient, dans l'égout qui les traverse, les matières fécales de leur nombreuse population, et font que la boue de ces égouts, ne diffère en rien de ce qui est contenu dans nos fosses ordinaires.

Les égouts des abattoirs, recevant une grande quantité de matières animales, non encore altérées par le feu et la cuisson, offrent encore, sous ce rapport, une grande différence entre les égouts des établissemens particuliers que je viens de désigner, et les égouts ordinaires, lesquels présentent encore certaines variétés suivant les localités, comme le prouve la rivière des Gobelins, dont les eaux diffèrent entièrement de celles du grand égout.

Tout nous prouve donc que l'eau qui sort des égouts n'est jamais la même, qu'elle varie, non-seulement suivant les localités, mais encore suivant un grand nombre de circonstances dans les mêmes localités, ce qui doit fixer les regards de ceux qui auront occasion de faire sur ces lieux de nouvelles observations et de nouvelles recherches ; ce qui ne sera pas non plus sans utilité pour les chimistes, qui, mus par un zèle louable, seraient portés à entreprendre l'analyse si importante de ces eaux.

Quant aux substances étrangères entraînées par l'eau qui coule dans les égouts, elles s'y comportent différemment suivant que cette eau est plus ou moins abondante, et suivant la pente variable de l'égout lui-même.

Lorsque l'eau n'est pas très-abondante, c'est-à-dire lorsqu'elle ne remplit pas entièrement le fond de l'égout, elle dépose avec la plus grande facilité sur les bords, les parties étrangères qu'elle contient, et se creuse au milieu de ces substances un lit plus ou moins sinueux.

Ce dépôt latéral n'a aucun inconvénient, mais il arrive souvent que les parties les plus pesantes s'arrêtent dans le milieu, et forment de cette manière un véritable barrage qui fait monter l'eau, et lui permet, par l'état de stagnation, dans lequel elle se trouve alors, de déposer et de laisser dans l'égout toutes les parties qu'elles auraient sans cela entraînées avec elles.

Les barrages s'établissent quelquefois accidentellement dans les égouts qui ont beaucoup d'eau et un courant rapide ; il suffit pour cela d'une simple pierre qui arrête les pailles, et successivement toutes les autres matières grossières, ce qui fait quelquefois monter l'eau de plus d'un pied sur une très-grande longueur. Le grand égout de ceinture m'a présenté cette particularité sur plusieurs points de son étendue ; et je ne doute pas que l'immense quantité de vase qu'il contient à sa partie supérieure, ne soit due à ces barrages qui n'auront pas été détruits.

Lorsque l'égout n'a qu'une pente très-faible, les matières que l'eau charie se comportent différemment suivant leur pesanteur spécifique respective ; celles qui sont plus pesantes se précipitent, et les autres forment à la surface une véritable croûte, au-dessous de laquelle s'établit le courant ; cette croûte est toujours bosselée et inégale, formée par une succession de zones, et est désignée par les ouvriers sous le nom de *peau de crapeau*, comparaison grossière, mais de la plus grande exactitude.

Les égouts dans lesquels cette croûte s'établit, sont toujours plus infects et plus dangereux que les autres, au rapport des ouvriers, parce qu'elle conserve audessous d'elle les gaz infectes qui s'échappent en abondance lorsqu'on vient à la briser ce qui se conçoit avec facilité, et se remarque éga-

lement pour les fosses d'aisance. L'égout si vicieux
et si mauvais de l'abattoir de Grenelle, présente
constamment cette croûte ; on a pu la voir au commencement de cette année, à l'embouchure de
l'égout Amelot, dans les fossés de la Bastille, et
juger par l'infection épouvantable qu'elle a ré-
pandue dans ces fossés et dans tout le voisinage,
lorsqu'on l'a crevée, de l'effet qu'elle doit produire lorsqu'elle est renfermée dans l'intérieur
d'un égout.

Tous les égouts de Paris, excepté ceux des
abattoirs (peut-être parce qu'ils sont encore
trop nouveaux), offrent une particularité fort singulière, c'est que la partie de leurs parois qui
est toujours en contact avec l'eau, s'encroûte à la
longue d'une substance plus dure que la pierre
elle-même à laquelle elle s'attache, et qu'on ne
peut enlever même avec la pioche, sans empor-
ter quelques parcelles de cette pierre.

Cette substance singulière, dont il serait si curieux de connaître la composition chimique, est
absolument semblable à celle qui se trouve dans
les vieilles conduites de plomb et de fonte qui
ont servi pendant long-tems à nous débarrasser
de nos eaux ménagères, et qui finit quelquefois
par les obstruer entièrement. Je tiens de M. Nergot, qui a fait quelques recherches sur l'accroissement de cette croûte, dans les égouts dont le

cours est régulier, qu'elle varie suivant chacun d'eux, et qu'elle est, par année dans le grand égout, d'un vingt-deuxième de ligne (18).

La Seine apporte quelquefois dans les égouts des changemens très-remarquables, qui méritent une attention toute particulière.

Comme les embouchures de tous les grands égouts sont au niveau de son lit, elle y pénètre chaque fois qu'elle déborde, ce qui arrive souvent deux ou trois fois dans l'année, et y demeure quelquefois sans interruption pendant deux mois et même davantage, d'où résultent deux graves inconvéniens :

Le premier, que l'eau étrangère, opposant un obstacle au cours de l'égout, et le barrant en quelque sorte, toutes les substances et toutes les immondices qu'il reçoit alors y demeurent et s'y précipitent.

Le second, que l'eau de la Seine, perdant son impulsion en entrant dans l'égout, y dépose le sable et le limon qu'elle tient en suspension, et les mêlant aux matières étrangères de l'égout, y forme une masse qui acquiert l'épaisseur d'un pied et souvent davantage, et se durcit tellement qu'elle ne peut être enlevée qu'avec la pioche, lorsque l'eau s'est retirée.

Je tiens des ouvriers de la division du midi, et en particulier de Nansal, que c'est alors qu'ils

courent plus de danger, non-seulement à cause
de la fatigue extrême que leur procure le travail
qu'ils ont alors, mais encore par les émanations
que répand cette masse au moment où on l'attaque
avec l'instrument; ils sont obligés alors de redou-
bler de précautions.

Que faire pour remédier à un pareil inconvénient? Je ne vois aucun moyen à y opposer; je
démontrerai que les chutes d'eau n'y peuvent pas
faire grand'chose; heureusement qu'il n'a lieu que
dans les tems froids.

C'est en enlevant ce mélange de vase et de
fange, que les ouvriers sont plus fréquemment
affectés d'ophtalmie.

CHAPITRE VI.

ODEURS PARTICULIÈRES AUX ÉGOUTS.

———

QUELQUE inexact et quelqu'imparfait que soit le
langage pour exprimer les sensations diverses
que nous font éprouver les odeurs, il est cependant possible de donner une idée de celles que
présentent les égouts, en se servant pour cela de

comparaison avec des objets bien connus ; je ré-
duis à six le nombre de ces odeurs.

1º Odeur fade.

2º Odeur ammoniacale.

3º Odeur d'hydrogène sulfuré.

4º Odeur putride ou de pièces anatomiques en
macération.

5º Odeur si repoussante et si forte, que nous
offre l'eau de savon ou de vaisselle qui a croupi
en été sur la terre ou entre les pavés.

6º Enfin, odeurs spéciales, variant suivant les
substances diverses qu'ils reçoivent.

———

Odeur fade. J'entends par odeur fade, une
odeur plutôt désagréable que repoussante ; cau-
sant, lorsqu'on la respire pendant quelque tems,
une espèce de faiblesse et d'énervation ; excitant
des soulèvemens de cœur à ceux qui, délicats, la
sentent pour la première fois, et ne ressemblant
à aucune de celles dont je vais donner le caractère.

Cette odeur est particulière aux égouts qui
n'ont pas un long trajet, qui sont bien entrete-
nus, dans lesquels l'air peut circuler, et dont le
courant est assez abondant ; on la remarque particulièrement en hiver, deux ou trois jours après
que les ouvriers ont nettoyé l'égout.

Il n'est personne dans Paris qui n'ait eu occasion de sentir cette odeur en passant dans les rues auprès de l'embouchure des égouts, lorsque le vent et les circonstances atmosphériques permettaient sa sortie et son développement ; j'ai remarqué qu'aucun égout ne la présentait aussi fréquemment que celui de la barrière des Sergens.

Odeur ammoniacale. Cette odeur connue de tout le monde, par les qualités tranchantes qui la font remarquer, me dispense de m'étendre d'une manière particulière sur tout ce qui la caractérise ; je dois dire seulement qu'elle n'est jamais aussi intense dans les égouts que dans les fosses d'aisance, qu'elle ne se remarque que dans ceux qui ont une grande étendue et qui ne sont pas soignés d'une manière exacte ; j'ajouterai que c'est principalement pendant le curage qu'elle se manifeste, surtout lorsqu'on remue les matières qui, par le repos, ont acquis une certaine consistance, et dans quelques circonstances particulières.

Cette ammoniaque vaporisée, est la cause de la légère ophtalmie qui attaque quelquefois les ouvriers égoutiers, et dont je parlerai plus tard. Elle ne produit jamais la véritable mitte, dont sont si souvent affectés les gadouards.

Je me trouve, sur ce dernier point, d'une opinion contraire à celle d'un professeur célèbre de

la Faculté de Paris, qui m'assurait dernièrement
que la *mitte* des égoutiers et des vidangeurs ne
tenait pas à l'ammoniaque, mais plutôt aux émanations d'hydrogène sulfuré, auxquelles ils sont
pareillement exposés.

Une pareille opinion, si opposée à tout ce
qui a été enseigné jusqu'ici, et émise par un
homme dont l'avis sur cette matière devait en
quelque sorte faire loi, méritait d'être examinée
d'une manière attentive.

Pour m'assurer des faits, et asseoir mon opinion avec exactitude, j'ai parcouru la plupart des
établissemens d'eau artificielle, particulièrement
celui de Tivoli, et dans aucun, je n'ai pu découvrir que ceux qui administrent les bains et les
douches, soit hommes, soit femmes, fussent affectés de cette rougeur des yeux ; ce qui ne m'a
pas seulement été assuré par les administrateurs,
mais ce dont j'ai pu m'assurer par moi-même en
examinant tous leurs employés qu'ils ont fait passer devant moi, parmi lesquels il s'en trouvait
qui travaillaient aux douches sulfureuses depuis
plusieurs années, et d'autres seulement depuis
quelques mois ; j'ai pu faire dernièremeut la même
remarque aux eaux d'Enghien.

Il faut dire cependant que celui qui met en
bouteille ces eaux sulfureuses, se trouvant pendant des heures entières au-dessus d'un robinet,

s'en trouve quelquefois incommodé; mais cette indisposition est passagère, se dissipe par l'exercice et n'affecte pas les yeux. C'est donc évidemment à l'ammoniaque, et non pas à l'hydrogène sulfuré, qu'est due l'irritation légère des yeux, particulière aux égoutiers.

Odeur d'hydrogène sulfuré. Cette odeur aussi bien caractérisée et aussi bien connue que celle de l'ammoniaque, me dispense également d'en parler; le gaz qui la produit noircit en peu de tems, dans les égouts, les bijoux d'or et d'argent, même lorsque les sens ne la font pas reconnaître, ce qui prouve toujours sa présence.

Cette odeur se remarque particulièrement dans les égouts qni ont été négligés depuis long-tems, qui ont une grande étendue, dans lesquels l'air est stagnant, et particulièrement dans ceux qui reçoivent beaucoup de matières animales non altérées par la cuisson. Nous venons de voir qu'il ne faut pas lui attribuer la rougeur des yeux qui arrive quelquefois aux ouvriers, mais il est la cause des accidens épouvantables qui font succomber ces malheureux à un genre particulier d'asphixie (19).

Odeur putride. Cette odeur, que j'ai comparée à celle des pièces anatomiques en macération, ne s'est présentée que rarement à mes sens, et d'une manière bien marquée, qu'à l'embouchure

de l'égout de l'abattoir du Roule, dans le grand
égout de ceinture. J'ai cru la remarquer également dans quelques embranchemens de l'égout
de l'École de Médecine. Il semble, d'après ce
que m'ont dit quelques ouvriers, qu'elle n'est
pas constante, et qu'elle paraît et disparaît dans
le même lieu, sans qu'on puisse en reconnaître
la cause.

Odeur forte et repoussante. Je la compare à
celle de l'eau de savon ou de vaisselle qui a croupi en été sur la terre ou entre les pavés, et qui,
par son excessive fétidité, se fait reconnaître de
tout le monde ; elle domine dans les égouts et
surtout à leur embouchure extérieure lorsqu'on
agite la boue qui s'y accumule, ou même sans
agitation lorsque le tems est orageux.

On trouve encore cette odeur dominante dans
les égouts, lorsqu'on remue des masses considérables d'immondices, qui s'amassent et s'accumulent dans certains d'entre eux qui ne sont visités
que rarement ou même qu'une seule fois l'année,
comme est, par exemple, celui qui se trouve
tout le long des Tuileries qui n'est destiné qu'au
service du château, et qui reçoit toutes les immondices et tous les débris des cuisines.

Le Gros-Caillou, peuplé de blanchisseuses, les
rives de la Bièvre, du côté des rues de l'Oursine,
du champ de l'Allouette, de Croullebarbe, éga-

lement peuplées des mêmes ouvrières, offrent des ruisseaux en pleine terre qui exhalent cette odeur de la manière la plus forte ; il en est de même au village de la Chapelle, faubourg Saint-Denis.

Odeurs spéciales. Par cette dernière expression, je veux désigner ces odeurs variables qui n'appartiennent point aux égouts en général, mais qui tiennent aux substances que quelques-uns d'eux reçoivent particulièrement.

Ainsi, l'égout Amelot, qui sert tout le quartier Popincourt, la rue Saint-Sébastien et toutes les rues voisines où demeurent une quantité considérable de nourrisseurs, a-t-il une odeur bien caractérisée de vacherie et d'urine d'animaux, ce dont on peut s'assurer en restant pendant quelques instans à son embouchure dans les fossés de la Bastille (20).

Il en est de même de la rivière de Bièvre qui, recevant les produits des nombreuses tanneries du faubourg Saint-Marceau, conserve évidemment une odeur particulière à ces établissemens.

On peut dire la même chose des égouts des Invalides et de l'École Militaire qui, servant de réceptacle aux latrines de ces vastes établissemens, n'ont pas l'odeur ordinaire des égouts, mais celle des fosses d'aisance ; elle absorbe et masque ici toutes les autres.

Quoique l'égoût de la Salpêtrière ait la même
destination que ceux des Invalides et de l'École-
Militaire, il n'a pas ordinairement leur odeur à
son embouchure dans la Seine, ce qui tient à l'im-
perfection de son curage qu'on ne fait qu'une
fois l'an, et au manque absolu d'eau courante
qui existe dans cette vaste maison; mais dans la
partie des égouts qui se trouve dans les infirme-
ries, les cours et les dortoirs, cette odeur est véritablement horrible et dépasse tout ce que l'on
peut imaginer, comme j'ai pu m'en assurer par
moi-même; il est heureux pour cet hôpital que
les regards de ces égouts qui se trouvent dans les
cours, soient hermétiquement fermés, sans cela il
ne serait pas possible d'y résister.

Cette odeur n'est cependant encore rien en
comparaison de celle que répand dans le grand
égout la décharge de la voirie de Montfaucon;
on sait que cette voirie est située au delà des
boulevards extérieurs au bas de la butte Saint-
Chaumont, et qu'on y apporte le produit des vidanges de toutes les fosses de Paris, qui, terme
moyen annuel, s'élève à la quantité de 498750
tinettes, formant ensemble 1197000 pieds cubes
de matières. Dans cet endroit, les parties solides
sont séparées des parties liquides, et celles-ci
envoyées par un conduit en plomb, dans le grand
égout, vis-à-vis la rue de Lancry; ce trop plein

de la voirie ne coule pas continuellement, on a
la prudence de n'ouvrir la vanne qui le retient
que le soir ou le dimanche, pour être sûr que
les ouvriers ne sont pas dans l'égout, autrement
on pourrait les incommoder gravement.

Je ne connais pas par moi-même l'impression
que peut faire la chute de cette décharge dans
l'égout, mais elle doit être horrible, si j'en juge
par celle que j'ai éprouvée en me trouvant à la
voirie, au moment même ou le liquide se préci-
pitait dans le tuyau, et surtout par les vapeurs
qui sortaient alors par les ouvertures qui se trouvent plus bas, dans les faubourgs Saint-Martin et
Saint-Denis.

Quelques ouvriers m'ont dit que rien ne pouvait être comparé à l'infection qui existait alors
dans l'égout.

Si cette infection est telle aujourd'hui, que le
trop plein du Château-d'Eau coule dans l'égout
avec abondance, que devait-elle être quand ce
trop plein n'existait pas ?

Telles sont les divisions que j'ai cru devoir
établir dans les odeurs bien caractérisées que présentent les égouts de Paris ; quoique ces odeurs
soient souvent distinctes, le plus communément
dans les égouts ordinaires elles sont tellement
confondues, qu'il faut une attention particulière

pour les reconnaître, et encore faut-il avoir pour cela un organe un peu exercé.

Il résulte du mélange de ces odeurs diverses une odeur particulière, *sui generis*, fort désagréable, qui n'est nulle part plus sensible qu'en été, à l'endroit où le grand égout se décharge dans la Seine.

CHAPITRE VII.

TEMPÉRATURE DES ÉGOUTS.

La température des égouts, que leur position sous terre, et souvent à une assez grande profondeur, assimile à des caves ou à des souterrains, devrait en conséquence être toujours la même; ceci cependant est loin d'avoir lieu, ce qui tient

1° A leur étendue,

2° A la disposition de leurs deux ouvertures,

3° A la direction du vent,

4° A leur direction particulière,

5° A l'abondance et à la nature de la boue qu'ils contiennent,

6° A la facilité plus ou moins grande que l'air qu'ils renferment éprouve à se renouveler (21).

Léur étendue. Moins ils sont étendus, et plus leur température se rapproche de celle de l'air extérieur; ainsi il m'a semblé qu'il existait une différence notable entre l'égout de la rue de Seine et celui de l'École de Médecine, quoique la différence en longueur ne soit que du double; cette différence est bien plus tranchée entre ceux qui n'ont que quelques toises, et ceux dont la longueur est très-considérable.

Disposition de leurs deux ouvertures. Plus l'ouverture extérieure est grande et exposée à l'air, plus celui-ci y communique facilement, surtout si l'ouverture correspondante est disposée de manière à faciliter l'établissement d'un courant; ainsi, la plupart des égouts qui tombent dans la rivière par une large ouverture faite au quai, sont-ils sous ce rapport très-bien partagés, et présentent-ils une grande différence de température avec leurs embranchemens qui ne sont pas disposés de la même manière; il paraît cependant qu'une trop grande longueur nuit beaucoup à l'établissement de ce courant, où, passé une certaine limite, on ne le sent plus, quelque bien disposées que soient en apparence pour l'établir, les deux ouvertures de l'égout.

Direction du vent. Cette cause de la différence de température que présentent les égouts est des plus sensibles, mais n'existe que pour ceux qui sont convenablement disposés comme je viens de le dire ; on ne peut bien l'apprécier que dans quelques égouts des deux rives de la Seine, particulièrement dans celui de la rue Foidmanteau et dans celui de la rue de Seine.

Direction particulière. D'après ce qui a été dit précédemment sur l'influence qu'ont sur la température des égouts leurs ouvertures et la direction du vent, on concevra facilement que si ceux qui se rendent directement à la Seine, qui n'ont pas une longue étendue, suivent à peu près la température extérieure, il n'en sera pas de même pour ceux qui ont une disposition toute contraire, comme sont par exemple le grand égout et tous ses grands et nombreux embranchemens qui, ne recevant l'eau que par des ouvertures très-étroites et à la surface même du sol, conservent en tout tems la même température, qui est ordinairement plus élevée que celle de l'atmosphère.

Quantité et nature de la boue qu'ils contiennent. Cette cause de la variation de la température des égouts est des plus importantes, et mérite toute notre attention.

Lorsque la boue est accumulée dans un endroit depuis long-tems, elle fermente, s'échauffe et élève ainsi la température du lieu dans lequel elle est renfermée ; c'est ce que j'ai été à même d'observer dans quelques petits égouts, mais particulièrement dans le grand égout de ceinture, lorsque je le parcourus dans toute son étendue, dans le mois de juin dernier. Je trouvai cet égout encombré, dans son tiers supérieur, de plus d'un pied de vase, qui y avait été accumulée en plusieurs points par les barrages accidentels dont j'ai parlé plus haut ; cette boue, qui y était probablement depuis long-temps, avait élevé, d'une manière visible, la température de la partie de l'égout dans lequel elle se trouvait, puisque cette température ne se retrouvait pas la même dans les parties de l'égout qui ne contenaient pas ces immondices (22).

Facilité plus ou moins grande que l'air qu'ils renferment éprouve à se renouveler. Cette dernière cause de la variation dans la température des égouts, n'est pas moins importante que la précédente.

Ainsi j'ai remarqué une grande différence entre les égouts dont les regards sont à jour et très-multipliés, et ceux qui n'en ont qu'à de grands intervalles et dont les tampons sont solides ; la température des premiers se rapproche beaucoup de la température extérieure, ce qu'il est facile de voir dans les égouts des rues Saint-Denis et de Rivoli, les seuls qui, dans Paris, offrent cette perfection dans leur construction.

Il est bon de prévenir ceux qui seraient tentés de faire quelques expériences sur la température des égouts de Paris qu'il ne faut pas s'en rapporter à la température de l'eau qui y coule, parce que cette eau, avant de tomber dans l'égout, ayant fait un trajet, souvent très-long sur le pavé, s'est mise au niveau de la température extérieure, ce qui fait que le matin l'eau superficielle est très-froide, tandis que la vase du fond est chaude.

Je ne doute pas qu'on ne doive attribuer aujourd'hui l'innocuité de bien des égouts à cette manière dont ils sont rafraîchis par ce courant qui leur enlève certainement une très-grande masse du calorique qui, sans lui, s'accumulerait dans leur intérieur.

Je n'étendrai pas davantage ces considérations sur la température des égouts ; elles nous serviront par la suite, ainsi que les autres, lorsqu'il sera question des améliorations à apporter dans leur système et leur construction.

J'ajouterai ici, comme appendice, que la température douce de certains égouts, y détermine en hiver, une singulière végétation ; j'en ai vu les murs couverts de champignons, absolument semblables à nos champignons de couches ; ils sont recueillis avec soin par les égoutiers, et font quelquefois un des meilleurs plats de leurs modestes repas.

Je dirai encore que l'énorme quantité de matières animales, entraînée par le courant, y a favorisé la propagation des rats qui s'y trouvent en nombre prodigieux, et qui y acquièrent souvent un accroissement extrême. On les trouve en plus grande quantité dans les égouts construits en pierre calcaire que dans ceux qui sont bâtis en meulière, parce qu'ils peuvent fouir plus aisément dans les premiers et s'y pratiquer des retraites.

CHAPITRE VIII.

MANIÈRE DONT SE FAIT LE CURAGE DES ÉGOUTS. POLICE A LEUR ÉGARD.

LE défaut presque absolu de pente des égouts de Paris, et la petite quantité d'eau que nous avons eue jusqu'ici à notre disposition pour les laver et les assainir, a rendu nécessaire le travail des hommes, pour enlever les dépôts considérables d'immondices qui s'amassent en peu de tems dans leur intérieur.

Tant qu'ils ne consistèrent qu'en de simples rigoles, creusées irrégulièrement dans la terre, il suffisait d'écarter et de rejeter sur les bords les matières qui formaient des obstacles, et de rétablir ainsi le cours des eaux, comme cela se pratique encore pour l'égout de Picpus, pour la partie de celui de la Salpêtrière qui se trouve entre l'hôpital et l'entrée de la voûte qui lui a été construite depuis quelques années, et même jusqu'à un certain point pour la rivière des Gobelins.

Cette méthode simple et facile de curage devint impraticable, lorsque des voûtes d'une longueur considérable eurent été jetées sur la plupart des principaux égouts; il fallut en adopter une autre, qui est maintenant en usage, et c'est celle que je vais décrire.

Deux sortes de substances composent, comme je l'ai dit, les matières qui se trouvent dans le fond des égouts; le sable qui se précipite et la boue qui reste liquide au-dessous du courant qui s'établit à sa surface; je commence par examiner comment celle-ci est enlevée.

Les ouvriers chassent cette boue devant eux, à l'aide d'une planche emmanché dans un bâton en forme de rateau, ce qu'ils nomment un rabot. Pour cela, deux ou trois se réunissent pour occuper ensemble toute la largeur de l'égout, un pareil nombre les suit à une petite distance, et de cette manière, en s'y prenant à plusieurs reprises, ils amènent, à force de bras, à l'ouverture extérieure de l'égout la boue qu'ils ont commencé à ramasser dès son origine (23).

Cette boue, qui acquiert dans quelques circonstances une consistance considérable, causerait aux ouvriers des fatigues extrêmes, et leur demanderait beaucoup de tems, si l'industrie ne venait à leur secours, pour la rendre liquide, et par conséquent plus facile à expulser, voici comme ils s'y prennent.

Un d'eux descend dans l'égout avant les autres, et, à l'aide d'une planche solide et fort large qu'il place en travers, il arrête complètement le courant; de cette manière l'eau s'accumule à la partie supérieure, et les ouvriers peuvent enlever les parties les plus liquides et les plus voisines de la planche ; mais lorsque par leur accumulation, il devient trop pénible de pousser en avant la masse qu'elles forment, ils enlèvent la planche, et l'eau, en s'échappant, appuie sur la boue, la délaye, et la tenant en quelque sorte suspendue, facilite singulièrement l'impulsion que lui impriment les ouvriers à l'aide de leur machine, Cette eau, chassée avec force, leur est tellement nécessaire, qu'il leur arrive quelquefois d'attendre jusqu'à deux et trois heures pour la laisser s'accumuler en quantité suffisante, ce qui n'a lieu que pour les égouts qui ne sont traversés que par une quantité d'eau très-peu considérable, et particulièrement en été lorsque les fontaines ne coulent pas.

Cette manière d'établir artificiellement un courant d'eau dans les égouts pour en faciliter le curage, et que la seule nécessité a fait trouver aux ouvriers, n'a pas seulement pour avantage de ménager leurs forces en diminuant leur peine; elle en a un autre d'une toute autre importance que les ouvriers méconnaissent, et qui cependant leur procure le plus grand avantage.

L'eau qu'ils accumulent ainsi, et qu'ils laissent échapper pendant qu'ils remuent la vase, n'ayant pu séjourner dans les égouts, n'exhale aucune mauvaise odeur, bien qu'elle soit chargée de matières putrescibles; elle est dans les égouts ce qu'elle est dans le ruisseau des rues qu'elle vient de parcourir, et comme elle jouit encore de toute ses propriétés dissolvantes, et que les gaz qui sortent de la boue sont solubles dans l'eau, elle s'empare de ces gaz à mesure que l'agitation les fait dégager, elle se les combine et empêche par ce moyen qu'ils ne parviennent jusque dans l'air, et de là jusqu'aux ouvriers.

Je suis persuadé que cette seule manière de procéder au curage, permet souvent aux ouvriers de travailler impunément dans certains égouts, qui sans cela leur seraient funestes; ce qui me le prouve, ce sont d'abord les accidens qui n'arrivent guère que dans les parties d'égout où on ne peut pas établir ces chasses, ensuite le malaise effroyable, et l'obligation d'interrompre à plusieurs reprises le travail lorsque cette eau n'a pas coulé pendant quelque tems dans les égouts de certains abattoirs, particulièrement celui de Grenelle, et enfin la faible odeur que répand alors la boue, comparée à l'infection qu'elle cause lorsqu'il faut l'enlever sans l'aide de ce secours.

Nous venons de voir la manière dont s'y prenaient les ouvriers pour expulser de l'égout la partie liquide de la vase qu'ils contiennent, voyons ce qu'il faut faire pour en extraire le sable et les parties solides.

Ce sable qui provient en général du pavage des rues, obéissant à sa pesanteur se précipite, mais ne pouvant être délayé et enlevé comme la boue, il est rejeté à droite et à gauche par les ouvriers, pour laisser un passage aux parties liquides; il reste ainsi dans l'égout pendant plus ou moins de tems; mais lorsqu'il est accumulé en trop grande quantité, on le transporte au-dessous des regards, et on l'enlève à l'aide de sceaux et de poulies. Cette opération fatigante est celle qui offre le plus de dangers, non-seulement pour l'asphixie qui arrive quelquefois alors, mais plus particulièrement pour les ophtalmies que déterminent les émanations d'ammoniaque ; on conçoit en effet, quelle activité doivent avoir en s'échappant ces matières qui, retenues pendant des mois entiers sous le sable, ont eu le temps de s'y condenser, et d'y acquérir toutes les qualités qui les rendent délétères.

La rue du Port-Mahon dans laquelle se trouve l'embouchure de l'égout de la rue du Mont-Blanc, est tellement disposée, à cause de ses deux trottoirs, que c'est à la surface même du sol que les ouvriers laissent les eaux s'accumuler, en barrant complètement l'ouverture ; il résulte de cette disposition favorable, qui permet à l'eau de tomber de plus haut, qu'aucun égout n'est plus promptement, plus parfaitement, et plus facilement nettoyé que celui-là.

Parmi les égouts spéciaux, ceux de l'Hôtel-des-Invalides, peuvent être cités comme un modèle pour la manière parfaite dont ils sont nettoyés ; outre leur construction sage et bien raisonnée, il existe à la partie supérieure des nombreux embranchemens qui parcourent toute la maison, de forts robinets qui y amènent pendant tout le curage l'eau des bassins, et de cette manière les lavent et les balayent complètement.

Que n'en est-il de même pour celui de la Sal-

pétrière, qui est à un tel point négligé, que les
matières fécales touchent souvent le sommet de
la voûte, ce qui rend ce curage excessivement
difficile et pénible, comme me l'à dit un maître
maçon employé dans la maison depuis plus de
cinquante ans. On voit, par-là, ce que peut pour
le bien d'un établissement une masse d'eau toujours disponible comme en possèdent encore les
abattoirs, qui en lâchent également une grande
quantité, avant et pendant que les ouvriers travaillent dans leurs égouts (24).

A ces détails j'en ajouterai quelques-uns, sur
la police exercée à diverses époques sur les égouts
de Paris.

Dans les temps les plus anciens, ce curage ne
se faisait pas comme aujourd'hui d'une manière
régulière; les seuls besoins du moment en déter-
minaient l'exécution, on concluait un marché
avec des entrepreneurs lorsque l'encombrement
était trop considérable, et la ville se chargeait de
la dépense. On a vu dans l'histoire des égouts de
Paris, les inconvéniens graves qui résultaient de
cette négligence, et les plaintes continuelles que
firent à ce sujet les rois et les grands (25).

Lorsque des voûtes eurent été jetées sur la
plupart des égouts, on continua d'adjuger
comme par le passé leur nettoyage à des entrepreneurs, mais seulement lorsque la nécessité

l'exigeait ; c'était le prévôt des marchands qui faisait cette adjudication, et les particuliers dont les maisons ou les propriétés se trouvaient au-dessus de ces voûtes, remboursaient à la ville cette dépense.

Cet impôt, payé par les propriétaires pour le curage des égouts, amena quelques abus ; les propriétaires se crurent autorisés à y envoyer non-seulement leurs eaux ménagères, mais encore leurs fosses d'aisance, d'où naquirent de nombreux inconvéniens qu'on fut obligé de réprimer par l'arrêt du 22 janvier 1755.

Une des époques à laquelle la négligence des égouts fut portée à son comble, arriva sous le règne de Louis XIII. La ville avait consacré dans ce tems, le droit de dix sols, qu'elle levait sur chaque muid de vin, à l'amélioration et à l'entretien des égouts, afin d'en décharger les particuliers ; le roi s'étant emparé de cet impôt, négligea tellement le curage qu'il devait faire, qu'ils s'encombrèrent complètement ; il fut même impossible pendant long-tems de remédier à ce désordre, parce que les officiers de la ville, auxquels les particuliers adressaient des plaintes, ne pouvaient pas y remédier à cause de la mesure prise par le roi.

Comment n'est-il pas parlé dans l'histoire des accidens qui devaient nécessairement arriver dans ce curage des égouts, ainsi encombrés d'immondices ? Ceci s'explique aisément par le peu d'étendue qu'avaient alors les égouts voûtés, qui recevaient continuellement un courant d'air par leurs deux extrémités. Dans l'état actuel, il ne faudrait pas deux mois pour rendre impraticables, surtout en été, quelques-uns des nôtres du côté du nord, comme quelques exemples l'ont prouvé (26).

J'omets à dessein de parler de toutes les vicissitudes qu'éprouva jusqu'à nos jours cette partie de la police ; je dois dire cependant que dans les conférences qui eurent lieu de 1666 à 1667, chez le chancelier Séguier, pour la grande police du royaume, on y fit un examen approfondi des égouts de Paris, qui commençaient à se multiplier. Les procès-verbaux de ces séances existent encore, on y voit les avis donnés à ce sujet par chacun des membres de la commission, et en particulier celui de Colbert, qui dans la séance du 13 janvier, proposa comme meilleur moyen d'assainir les égouts, d'établir plusieurs fontaines dans les quartiers qui en auraient besoin, et à côté de chacune d'elles, un réservoir de 15 muids qu'on aurait lâché à la fois. Rien assurément n'était meilleur que cette mesure ; il ne manquait qu'une seule chose au ministre, c'était l'eau qu'il ne pouvait se procurer. Cette attention, donnée aux égouts du temps de Louis XIV est précieuse ; elle montre qu'ils inspiraient déjà des craintes ; il fallait donc qu'ils eussent déjà occasionné des accidens.

En 1791 tout ayant été bouleversé dans l'administration, les attributions du prévôt des marchands, et avec elle le soin des égouts, furent confiés au département ; on voit qu'alors 16 ouvriers étaient continuellement occupés à leur entretien.

Il n'est pour nous d'aucun intérêt de suivre toutes les variations qu'éprouva cette administration de 1793 à 1799, il faut dire seulement que le soin des égouts ne fut jamais négligé.

Enfin la Préfecture de Police ayant été établie en 1800, la surveillance des égouts lui fut confiée, et lui est demeurée jusqu'à ce moment.

Dans la première adjudication faite pour leur entretien en 1804, le nombre des ouvriers reconnu insuffisant, fut porté à 24.

Ce nombre resta le même dans la nouvelle adjudication passée le 17 décembre 1817, quoique le nombre des égouts ait été considérablement augmenté, il est encore aujourd'hui de 24 en comptant deux ouvriers chefs. Avait-on donc oublié lors de cette adjudication, qu'une longueur de 5 à 6000 mètres avait été ajoutée à la longueur déjà considérable des égouts, et si le uombre des ouvriers était alors insuffisant pour les travaux à faire, peut-il suffire aujourd'hui que ces travaux sont devenus bien plus considérables.

CHAPITRE IX.

INFLUENCE DES ÉGOUTS SUR LA SEINE.

La Seine étant le réceptacle général de tous les égouts de Paris, il devient nécessaire d'en parler dans ce travail, et d'examiner jusqu'à quel point l'eau des égouts est capable d'altérer sa pureté ; cet objet est d'autant plus important que la Seine traverse Paris, dans un espace de deux lieues, et que ses eaux servent à la boisson de huit cent mille individus.

Pour bien connaître quelle peut être l'influence des égouts sur la Seine, il faudrait savoir le rapport qui existe entre la masse de leurs eaux et celles de la rivière, et dans quelle proportion il faut qu'elles soient mélangées pour être ou innocentes ou nuisibles.

Pour acquérir cette connaissance, j'ai pris un grand nombre de renseignemens, j'ai fait de nombreuses observations comparatives, mais je n'ai pu arriver à aucun résultat satisfaisant.

On conçoit en effet que cette masse doit varier continuellement, en raison du nombre des habitans, des usines et des manufactures qui se trouvent dans la ville, dont l'activité varie à chaque instant, et surtout en raison des fontaines publiques et de l'état de l'atmosphère ; elle varie encore aux différentes heures du jour, de sorte qu'il est impossible d'avoir rien de positif sur ce sujet, même d'une manière approximative.

Je reste dans la même ignorance, relativement à la quantité de matières étrangères que doit contenir l'eau pour devenir dangereuse, quoique je puisse assurer qu'un usage journalier d'eau en apparence fort sale et fort dégoûtante, n'a aucune influence sur les animaux.

J'ai cru pendant quelque tems qu'il me serait possible de faire la même remarque sur des hommes, dans une filature de laine que j'ai visitée le long des bords de la rivière de Bièvre, dans la rue du Pont-aux-Biches. Il existe en effet dans cette manufacture un réservoir alimenté au moyen d'une pompe, par l'eau même de la Bièvre, et muni d'un filtre qui en éclaircit une partie pour la boisson des ouvriers ; j'ai goûté cette eau qui, quoique limpide, m'a paru fort désagréable, et qui, au rapport des personnes qui étaient là, se corrompt promptement lorsqu'on la garde dans des vases ; aucun de ceux qui boivent cette eau n'en éprouve d'accident, mais il faut dire qu'ils ne s'en servent que passagèrement, et que sortant des ateliers, à midi, pour prendre leur repas, ils peuvent se procurer facilement une boisson plus agréable, ce qui rend nulle l'influence que peut avoir sur eux l'usage passager d'une eau impure. Sans cette circonstance, et si les ouvriers de cette manufacture avaient fait un usage exclusif de cette eau, ils auraient pu me servir à éclaircir une question que les expériences des chimistes modernes, en opposition avec les opinions de nos ancêtres et des plus habiles médecins, n'ont fait qu'embrouiller davantage (27).

Tout le monde sait avec quel soin ont été faites les analyses comparatives de l'eau de la Seine prise avant le pont d'Austerlitz et après le pont d'Iéna, lesquelles ont prouvé qu'il n'existait aucune différence dans la composition de l'eau prise à ces deux points si opposés ; d'où les chimistes ont conclu que les ruisseaux de Paris n'ont aucune influence sur la Seine, que l'eau des ruisseaux est entièrement neutralisée par celle du fleuve, et qu'on peut en conséquence regarder absolument comme nulle, l'influence fâcheuse que la première pourrait avoir sur la seconde.

Avant de faire quelques observations sur cette

manière de raisonner, je vais laisser parler Thou-
ret, un des esprits les plus judicieux de ces derniers tems, et qui a prouvé la plus grande sagacité dans les divers mémoires qu'il a publiés
sur l'hygiène publique : voici comme il s'exprime
à l'occasion de la discussion qui s'éleva sur l'influence que pouvait avoir sur la Seine les matières des vidanges qu'on proposait d'y précipiter.

« Si plusieurs analyses des eaux de la Seine,
» prises au-dessous des lieux les plus propres à
» l'infecter, n'ont rien offert qui puisse faire
» croire qu'elle était gâtée par ces affluens, on
» doit craindre d'en abuser, pour se rassurer
» complètement sur un objet d'une aussi haute
» importance. Des principes d'infection qui
» échappent à l'analyse, peuvent cependant
» exister ; l'art n'embrasse pas encore dans toute
» son étendue les opérations de la nature, et
» sur l'un des premiers objets de la salubrité qui
» intéressent les hommes, il faut d'autres certi-
» tudes que des preuves négatives de ce genre,
» pour bannir les doutes et mettre à même de
» prononcer. » Celui qui s'exprimait ainsi était
l'ami, le confrère et le collaborateur de Fourcroy.

Voyons encore ce que dit Tenon, autre confrère et contemporain de Thouret, imbu comme
lui des connaissances que peuvent fournir la

physique et la chimie modernes ; dans l'ouvrage
que ce patriarche de l'anatomie française publia
sur les hôpitaux, il insiste beaucoup sur la disposition de leurs égouts, et en parlant des nouveaux
hôpitaux qu'il propose pour Paris, il insiste particulièrement en plusieurs endroits de son livre,
sur l'emplacement de celui qu'il destinait aux
maladies contagieuses, qu'il propose d'établir au-
dessous de Paris, afin, dit-il, « que l'égout qui
en partira ne nuise en aucune manière à la pureté des eaux de la Seine. »

Il n'est pas tout-à-fait hors de mon sujet de
rapporter quelques traits de notre histoire, qui
montreront le soin que prenaient nos ancêtres
pour conserver la pureté des eaux de la Seine.

Une ordonnance du Prévôt de Paris, de 1348,
et un édit du roi Jean, de 1356, enjoignaient aux
particuliers de ne point jeter leurs immondices
dehors pendant la pluie, de peur que l'eau ne
les entraînât dans la rivière.

Une autre ordonnance du Prévôt des marchands, de 1388, défend, sous la peine de 60 sols
d'amende, de jeter dans la Seine, ou dans ses bras,
aucune boue ou fumier.

Des lettres-patentes de Charles VI, de 1404,
portent « que plusieurs personnes jetaient et ap-
» portaient à la rivière de Seine à Paris, tant de
» boue, de fumier et d'autres ordures, immon-

» dices et putréfactions, que *les eaux en étaient*
» *corrompues*, ce qui *portait un notable préju-*
» *dice à la santé.* » (Lamarre, t. 1, p. 553).

Le règlement du 28 juin 1414, à l'article qui
regarde la salubrité, porte, entre autres choses,
que les chirurgiens seraient tenus de porter le
sang des personnes qu'ils auraient saignées, dans
la rivière, *au-dessous de la ville.* (Traité de la
Police, t. 4, p. 284.)

Un arrêt du Parlement, du 21 juin 1586, confirme une sentence du bureau de la ville, portant condamnation au fouet contre un compagnon
des basses œuvres, pour avoir jeté des matières
fécales dans la rivière. (Recueil des ordonnances
de la ville, 1668, édit. de 1676.)

Enfin, une ordonnance de Charles IX de 1567,
ne permet aux bouchers de jeter le sang et les
vidanges de leurs animaux dans la rivière, que
depuis sept heures du soir jusqu'à deux heures
après minuit; faculté qui leur fut retirée sous
Henri III, qui leur enjoignit de porter toutes
leurs issues dans des voiries particulières hors de
la ville. Qu'on remarque bien à quelle époque et
au milieu de quelles circonstance furent faits de
pareils règlemens.

Je pourrais rapporter un grand nombre d'ordonnances relatives au même objet, qui toutes
nous prouveraient, si non le danger véritable du

mélange des matières putrides avec la Seine, au moins le dégoût qu'elles ont de tout tems inspiré.

Ce ne sont pas seulement les médecins et les magistrats qui ont toujours été frappés de l'inconvénient qui pouvait résulter du mélange de l'eau des égouts avec celle de la Seine ; nous voyons encore les ingénieurs et les philantropes de tous les tems, imaginer et conseiller des moyens pour y remédier. Je citerai parmi les derniers, Delamberville qui écrivait sous Louis XIII, et qui, dans ses mémoires si curieux et si au-dessus de l'époque à laquelle il vivait, propose de construire, à droite et à gauche de la Seine, deux grands égouts qui recevraient toutes les eaux qui s'y rendent maintenant, et qui les conduiraient ainsi jusqu'à Chaillot ; et parmi les autres, ceux qui imaginèrent de creuser un canal qui aurait entouré tout Paris du côté du nord, et sur les parties latérales duquel aurait été construit un égout, réceptacle général de ceux de la ville, *pour empêcher que l'eau du canal ne fût infectée,* ce que nous avons vu dans la partie historique des égouts.

Maintenant, quel parti prendre au milieu de ces opinions contradictoires ? Je respecte infiniment l'autorité des chimistes, mais l'opinion contraire d'un Thouret et d'un Tenon n'est pas

pour moi moins respectable ; je veux bien croire
également que l'eau de la Seine ne soit pas nuisible, malgré le mélange de celle des égouts,
mais les précautions que prenaient les anciens
pour la tenir propre, et la crainte que leur inspiraient la fange et les ordures qu'on y précipi-
tait, étaient certainement basées sur quelques faits
et quelques accidents qu'ils avaient observés.

Je pense qu'il est facile de concilier toutes
ces opinions en apparence si opposées, mais pour
cela il est nécessaire de faire une étude particulière de la Seine et de la manière dont les égouts
se comportent avec elle.

Examinons la différence qu'elle présente en
hiver et été.

En hiver, grossie par les pluies, resserrée
entre des quais élevés et rapprochés, gênée par
des ponts multipliés, elle acquiert par ces causes
et par sa masse une grande rapidité, et entraîne
en un instant tout ce qui se trouve à sa surface ;
si l'analyse de ses eaux a été faite dans de pareilles circonstances, il n'est pas étonnant qu'elle
n'ait pas offert de différence entre celle prise à
la partie supérieure, et celle prise à la partie inférieure.

En été, elle offre un état tout opposé, réduite
alors à un simple filet d'eau, elle se retire au
milieu de son lit, n'a de courant que dans quel-

ques points et paraît immobile sur plusieurs ; c'est alors que l'on peut voir que l'altération apportée dans la composition de son eau par quelques égouts n'est pas une chimère, comme j'ai pu m'en assurer moi-même depuis plusieurs années, en ne négligeant pas de faire des remarques tout en jouissant des plaisirs de la natation sur plusieurs points de son cours.

Il se fait, dans cette saison, un partage évident entre les parties constituantes de pesanteur spécifique variable que contient l'eau des égouts, au moment où elle se mêle à la Seine ; les plus légères surnagent et sont lentement entraînées à la surface, les autres se précipitent à l'entrée même de l'égout ou à quelque distance au-dessous, et forment des dépôts qu'on n'aperçoit pas ordinairement, mais qui deviennent manifestes lorsqu'on agite le fond avec un filet ou autrement, ou bien lorsque la rivière devient excessivement basse.

Ce sont principalement les grands orages de l'été, et les pluies subites et abondantes qui les accompagnent, qui altèrent les eaux de la Seine de la manière la plus marquée ; non-seulement elles balayent les toits, et entraînent toutes les immondices qui sont accumulées depuis long-tems à la surface du sol, mais encore la plus grande partie de celles qui se trouvent dans les

8

égouts, ce qui fait que la Seine en est tellement troublée, qu'elle devient absolument noire dans toute son étendue, et reste dans cet état bien long-tems après la cessation de l'orage, ce qui tient à deux causes; la première, c'est que les égouts continuent à débiter pendant long-tems l'eau qu'ils ont reçue, la seconde, c'est que la Seine a un cours si lent lorsque l'eau est basse, que, si j'en juge par la marche des substances qu'elle traîne à sa surface, elle doit être deux heures à traverser tout Paris; j'en excepte toute fois la partie qui se trouve entre le pont Notre-Dame et le pont Royal.

Le côté gauche de la Seine offre dans ce cas une particularité fort remarquable; c'est qu'il reste trouble et infect bien plus long-tems que le côte opposé, ce qui est dû à la rivière des Gobelins, qui n'étant ni pavée, ni revêtue de murs, et présentant mille repaires dans lesquels peut s'accumuler la vase, fournit de l'eau trouble jusqu'à ce qu'elle ait débité toute celle qu'elle reçoit à la partie supérieure de son cours, ce qui dure de 24 à 48 heures.

Il ne faudrait pas croire que l'eau de la Seine se débarrasse promptement de la couleur noire qu'elle acquiert dans ces circonstances, et qu'elle doit aux matières étrangères qui lui sont incorporées. Quelque lent et calme que soit son

cours, particulièrement au-dessous de Paris, elle
reste trouble et noire non-seulement jusqu'à Sèvres, mais encore jusqu'à Saint-Denis, où je l'ai
trouvée une fois presqu'aussi altérée qu'à Paris
même, le lendemain d'un grand orage. J'ai même
ouï dire à des pêcheurs de Poissy, que j'ai consultés dans cette ville, qu'elle conservait jusqu'à
ce point son altération.

Cette lenteur avec laquelle l'eau de la Seine se
débarrasse des parties étrangères qu'elle contient,
puisque elle les conserve encore après avoir marché pendant sept lieues, et peut-être même pendant vingt, est digne de remarque ; elle semblerait faire croire qu'il existe là plus qu'une simple
suspension, et que si l'analyse des eaux de la
Seine eût été faite alors, un chimiste excercé eût
certainement trouvé une différence entre cette
eau, et celle qui aurait été puisée à la partie supérieure de la ville.

Je sais qu'il ne faut pas juger du véritable état
d'altération d'une masse d'eau quelconque, par
son apparence extérieure, parce qu'il suffit d'une
très-petite quantité de substances étrangères pour
la faire paraître trouble, lorsqu'elle est profonde et lorsqu'on l'examine de loin. Pour connaître jusqu'à quel point l'eau de la Seine était
altérée dans les orages, je me suis transporté aux
bassins de la machine de Chaillot, et à la pompe

Notre-Dame, dont le jeu n'est jamais interrompu, et j'ai pu m'assurer par moi-même de la mal-propreté de l'eau que ces machines font alors monter, et voir les substances étrangères qu'elle entraîne avec elle; preuve de l'abondance dans laquelle se trouve alors dans l'eau les matières étrangères.

J'ai parlé, il n'y a qu'un instant, du dépôt qui se fait au fond de la rivière, lorsqu'elle est basse et lorsque le courant en est à peine sensible; on remarque ce dépôt à l'embouchure de tous les égouts, mais principalement dans un bras de la rivière, qui mérite de nous arrêter un instant.

C'est sur ce bras qu'est situé l'Hôtel-Dieu; il est très-profond tout le long de cet hôpital, très-peu profond à sa partie supérieure, et encore moins à sa partie inférieure, de sorte qu'en été cette dernière n'a pas un demi-pied de profondeur.

La partie qui correspond à l'Hôtel-Dieu reçoit l'égout de la place Maubert, celui de la rue du Fouarre, celui de la rue Saint-Jacques, et celui de la place du Parvis, de plus toutes les latrines de ce vaste hôpital. Il résulte de cette disposition, que les matières étrangères s'accumulent dans le fond de ce bras, pendant trois ou quatre mois, au point d'en élever considérablement le fond, car le repos dans lequel elles son alors est si complet, que l'eau de la Bièvre qui entre trouble et noire à la partie supérieure, en sort beaucoup moins trouble à la partie inférieure.

Qu'on juge de l'altération que doivent éprouver ces matières éminemment putrescibles dans les grandes chaleurs : j'en donnerai pour preuve les bulles nombreuses de gaz, qui à cette époque de l'année viennent crever à la surface de l'eau, et qui en soulevant la vase dont elles sortent, troublent et noircissent le liquide, depuis le fond jusqu'à la surface, dans une étendue en diamètre de sept à huit pieds. J'ai eu l'occasion de remarquer souvent tout cela, pendant l'été si long et si brûlant de 1822.

Quelle est la nature du gaz si abondamment fourni par le dépôt qui se forme au fond de ce bras de la rivière ? Il est d'abord difficile de le recueillir, mais il varie certainement; j'y ai reconnu l'odeur de l'hydrogène sulfuré ; il ne peut être différent de ceux qui remplissent les égouts, et dont il a été question dans un des chapitres précédens.

On conçoit maintenant la possibilité que l'eau qui reste en contact immédiat avec cette boue pendant un certain tems, et qui se trouve traversée continuellement par un courant de gaz infect, contracte de mauvaises qualités et une saveur re-

poussante ; c'est en effet ce qui arrive, comme j'ai
pu m'en assurer par moi-même un grand nombre
de fois, en ouvrant les robinets de l'Hôtel-Dieu,
lorsque cet hôpital cesse d'être alimenté par la
pompe Notre-Dame, et ce que les religieuses de
cette maison ont également observé plusieurs
fois, sans chercher quelle en pouvait être la cause.

Il est assurément bien louable de n'avoir pas
voulu se fier entièrement à la pompe Notre-
Dame pour le service de l'Hôtel-Dieu ; mais
pourquoi les pompes particulières qu'on fait
jouer alors, vont-elles puiser leur eau dans ce
bassin de corruption et au-dessous même des latrines ? Heureusement que cet inconvénient n'a
lieu que rarement, et qu'il ne s'est pas présenté
depuis la restauration de la pompe Notre-Dame ;
mais il s'est renouvelé assez souvent, pour me
mettre à même de vérifier un fait important.

L'usage de cette eau a-t-elle eu ou non quelques inconvéniens pour les malades qui en ont fait
usage ? j'avoue que je n'ai rien observé qui puisse
me donner là-dessus le moindre éclaircissement.

Maintenant on concevra aisément qu'il est
facile de concilier toutes les opinions contradictoires sur l'influence qu'ont sur la Seine les substances qu'elle reçoit, et combien il est dangereux de conclure trop précipitamment, et d'établir une opinion générale sur une seule analyse,

sur une seule observation. Les chimistes qui ont fait l'analyse des eaux de la Seine, ne se sont certainement pas trompés, mais Thouret et Tenon ont également raison, et ce n'est pas non plus sans motif que nos pères ont fait des règlemens de police qu'un examen superficiel nous fait regarder comme ridicules ; j'en suis d'autant plus frappé que c'est principalement cette partie de la Seine, que je viens d'examiner en dernier lieu, qui a excité leur attention, comme on peut le voir dans l'ensemble des règlemens de police que j'ai cités plus haut, et particulièrement dans ceux de 1666, 1677 et 1703. (Lamarre, tom. I, pag. 557.)

Il est heureux que l'impétuosité très-grande que l'eau de la Seine acquiert dans ses crues d'hiver, entraîne toutes ces matières et les empêche de s'accumuler ; il m'est prouvé qu'il ne reste dans le fond que les matières purement solides qui n'ont par elles-mêmes aucune action, et qui élèvent insensiblement le fond de la rivière comme je le démontrerai dans un autre travail (28).

S'il n'existait pas de remède à cet inconvénient des égouts sur la Seine, ou même au dégoût que ce mélange inspire, je me serais bien gardé d'en parler dans la crainte de faire naître des inquiétudes ou d'exciter de vains regrets ; mais au moment où toutes les maisons de Paris, sans exception, vont recevoir une eau potable excellente, sur laquelle on pourra exercer la plus grande surveillance, et soumettre même au repos ou à quelques préparations avant de la distribuer, il est bon, ce me semble, d'éclairer le public sur ses véritables intérêts, et de le faire revenir des préventions mal fondées, qu'il a conçues trop légèrement, sur la bonté et la salubrité de la nouvelle boisson qu'on lui prépare (29).

CHAPITRE X.

INFLUENCE DES ÉGOUTS NON INFECTÉS SUR LA SANTÉ DE CEUX QUI Y TRAVAILLENT.

AYANT visité les égouts, à diverses époques de l'année, comme je l'ai déjà rapporté, et y étant quelquefois resté jusqu'à deux et trois heures, j'ai pu observer sur moi-même l'action que l'air qu'on y respire peut avoir sur celui qui y séjourne passagèrement.

Je n'ai rien éprouvé en visitant les égouts du midi, soit parce que j'y suis resté fort peu de tems, soit parce qu'il faisait froid chaque fois que je les parcourais; mais en examinant ceux du nord

je n'ai pas tardé à être pris d'un mal de tête très-
fort et d'une sorte de stupeur fort désagréable,
accompagnée d'une gêne légère dans la respiration.

Cette douleur de tête n'est pas ce qu'éprouvent
le plus ordinairement ceux qui descendent dans
les égouts ; ils sont plus communément pris d'une
sécheresse très-grande de la gorge, d'un besoin
de boire, d'un dégoût et d'un empâtement de la
bouche qui ôte tout appétit et même jusqu'à la
possibilité d'avaler ; je n'ai pas éprouvé ce dernier accident, mais j'ai ressenti, avec la plus
grande violence, le mal de tête, il ne m'a même
quitté qu'après plusieurs jours de durée. J'ai encore
éprouvé, mais seulement dans quelques égouts
particuliers, une gêne marquée dans la respiration.

On croirait que ces incommodités et ces petites
indispositions, qui, comme je viens de le dire, sont
particulièrement causées par les égouts du nord,
tiennent à un défaut d'habitude et à la répugnance
bien naturelle qu'inspirent ces cloaques, cela
est possible, cependant des ouvriers occupés
dans l'atelier du nord, m'ont assuré que tous les
hommes n'étaient pas propres à leur métier, et ils
m'ont montré un jeune homme fort et bien con-
stitué qui, ayant voulu travailler avec eux, avait
été obligé d'y renoncer à cause de l'impression

désagréable et pénible que lui causait l'air des
égouts, quoiqu'il ne fût en aucune manière susceptible d'être affecté péniblement par la mauvaise odeur (30).

Voici tout ce que je puis dire sur l'impression
que peut faire faire sur nos corps le séjour mo-
mentané dans les égouts ; voyons maintenant l'influence qu'un séjour presque constant dans ces
lieux peut avoir sur la santé.

Si nous examinons les égoutiers, ils nous pa-
raîtront tous secs et maigres, avec un ventre ré-
tracté, des muscles bien dessinés, un visage,
chez la plupart, peu coloré et terreux qui n'est
pas celui des gadouards ; ils n'ont pas non plus
comme ceux-ci les yeux habituellement rouges,
semblables à ceux des Albinos, quoiqu'ils soient
exposés à l'irritation de ces parties par les exhalai-
sons d'ammoniaque qui sortent fort souvent de la
boue qu'ils remuent et qu'ils entraînent ; en général, et ceci est digne de remarque, leur santé
peut être considérée comme parfaite et fort rarement dérangée.

La vie des égoutiers n'est nullement abrégée ;
j'ai cité ce Charpiau qui avait soixante-dix ans
et plus, quand je le vis pour la dernière fois chez
lui, et qui travaillait dans les égouts depuis plus
de quarante ans ; j'en ai rencontré plusieurs autres, déjà fort âgés, et qui se livraient aux mêmes

travaux depuis bien des années ; je citerai entre autres le nommé Nansal, homme remarquable par son intelligence.

Il ne faudrait pas s'en rapporter aux premières réponses de ces ouvriers quand on leur demande quelques détails sur les maladies auxquelles leur profession les expose ; on serait tenté, au premier abord, de croire que le *plomb*, mot synonyme d'*asphyxie* (31), est infiniment plus commun qu'il n'est véritablement, car ils attribuent au *plomb*, sans exception, tous les maux qu'ils éprouvent ; ainsi l'ophtalmie légère que je viens d'indiquer est désignée par eux sous le nom de plomb ; un d'eux me paraît avoir eu une sciatique, qu'il attribuait encore au plomb ; le lombago ou plutôt l'espèce de courbature due à la position penchée qu'ils sont obligés de prendre dans les endroits extrêmement bas de quelques égouts, est appelé par eux plomb tombé dans les reins ; enfin, Nansal, que j'interrogeais l'année passée, me dit qu'il avait eu le plomb depuis peu de tems, et qu'il en avait été extrêmement malade ; en cherchant à connaître ce qu'il avait éprouvé, je reconnus qu'il n'avait eu qu'un grand nombre de furoncles, et que son état ne l'avait pas soustrait à la constitution médicale de cette époque, car alors tout le monde dans Paris était affecté de cette indisposition.

Je dois donner une explication sur l'expression d'ophtalmie dont je viens de me servir en parlant de la rougeur des yeux et du léger picotement qu'y éprouvent les égoutiers. Cette ophtalmie n'en est pas une véritable, elle n'est que passagère, presque indolente, et disparaît aisément en vingt-quatre heures pourvu qu'on interrompe ses travaux.

On lit dans tous les livres de médecine et on entend dire tous les jours, que ces hommes, ainsi que beaucoup d'autres qui travaillent à des professions, en apparence insalubres, sont sujets à des maladies putrides ; il faudrait avant tout désigner mieux qu'on ne l'a fait jusqu'ici ce que l'on entend par maladie putride, pour moi je n'ai pu rien observer de semblable chez ceux de ces ouvriers que j'ai eu occasion de voir dans les hôpitaux (32).

Je sais que Charpiau a été cité comme un exemple de l'influence des égouts sur la production des maladies putrides ; il porte en effet, à la partie droite de la face, un chancre rongeant qui a détruit de ce côté la commissure des lèvres, la joue, la paupière inférieure et les tégumens du nez ; mais il ne faut pas juger en médecine, d'après la première apparence, car je tiens de cet homme même qu'il porte ce chancre depuis trente-six ans ; les progrès en ont donc été excessive-

ment lents, et même infiniment plus lents qu'ils
ne le sont ordinairement, car nous voyons tous
les jours de ces sortes d'affections chez des gens
qui n'exercent que des professions très-salubres,
ou même qui n'en exercent pas, et chez lesquels
elles n urent jamais aussi long-tems. On pourrait
donc croire que les égouts ont eu jusqu'à un certain point chez ce malheureux, une certaine influence avantageuse, puisqu'il a pu vivre avec sa
maladie pendant trente-six ans ; il est d'ailleurs
le seul égoutier chez lequel on l'ait observée.
Charpiau qui m'avait donné autrefois ces détails,
me les a répétés dernièrement dans sa demeure,
où j'avais été le trouver.

A l'exception de l'ophtalmie, du lombago et
peut-être de la sciatique, auxquels ces ouvriers
sont sujets, et surtout du *plomb* qu'ils redoutent
par-dessus tout, ils regardent leur métier, non-
seulement comme innocent, mais même comme
salutaire à la santé ; ils m'ont dit que la vase dans
laquelle ils marchent était le meilleur *onguent*
pour les maladies des jambes et celle de la peau ;
ce qui paraît certain, c'est qu'ils n'ont ni vermi-
ne, ni même, jusqu'à un certain point, de maladies cutanées, et que celles que peuvent avoir par
hasard ceux qui débutent dans le métier, dispa-
raissent en peu de tems ; j'emploie la forme du
doute en émettant cette opinion sur l'action des

égouts contre les affections cutanées, car je me rappele que lorsque je faisais des recherches sur la rivière des Gobelins, avec mon ami et mon confrère le docteur Pavet, nous avons vu dans l'égout de la rue Mouffetard, un ouvrier de Charpiau, qui portait à la jambe une légère dartre squammeuse, et cependant il travaillait aux égouts depuis long-tems.

Une chose fort remarquable, c'est que les jambes de tous les égoutiers sont sèches, quoiqu'ils les aient constamment dans l'eau, car les bottes qu'on leur voit sont loin d'être imperméables, elles ne servent qu'à les défendre du sable et du verre, qui se trouvent en abondance au milieu de la boue.

Nansal, ce chef intelligent de la division du nord, a eu occasion de faire sur un de ses jeunes ouvriers, une observation très-curieuse qui, quoiqu'unique, mérite d'être rapportée.

Ce jeune homme, extrêmement avide de gain, avait l'habitude d'employer les heures que les autres consacraient au repos, à chercher dans les fentes des pavés des égouts, des parcelles de métal ou d'autres objets qui s'y trouvaient entraînés ; pour cela il était obligé de rester accroupi et de respirer par conséquent les émanations qu'il faisait sortir de ces fentes ; il continua ces recherches pendant quelque tems, malgré les ob-

servations deNansal et des autres anciens ouvriers, mais il fut bientôt pris d'une colique très-
forte, dont il fut guéri à la Charité ; ayant repris
les mêmes habitudes, la colique reparut avec la
même intensité et fut encore soignée avec le même
succès dans le même hôpital, mais averti par ce
second, ou même je crois par un troisième accident, il cessa ses recherches, et n'a plus rien
éprouvé depuis ce moment.

Quel caractère a présenté cette colique, par
quel moyen a-t-elle été traitée? voilà ce qu'il serait important de savoir, mais sur quoi je n'ai pu
recueillir aucun renseignement (34).

Puisque cette boue paraît avoir sur nos corps
une action toute contraire à celle qu'on serait
tenté de lui attribuer, et que la véritable observation vient détruire toutes les opinions qu'on
avait eues jusqu'ici sur son influence, une question se présente naturellement à l'esprit, et on se
se demande si par hasard cette boue si innocente
quand elle est nouvellement formée, et lorsqu'elle jouit encore de toutes les propriétés des
substances animales, n'aurait pas des propriétés
contraires lorsqu'elle est déposée depuis long-
tems. L'observation seule pouvait résoudre ce
nouveau problême, et c'est ce que j'ai fait, en
ne laissant pas échapper une occasion peut-être

unique, qui s'est offerte cette année, dans les immenses travaux que le nouveau canal Saint-Martin vient de nécessiter dans les fossés de la Bastille.

On sait que l'égout Amelot qui débouché dans ces fossés, y avait déposé une masse immense de vase noire et infecte, qu'il a fallu en extraire avec des peines infinies, et à l'aide d'un nombre considérable d'ouvriers qui y ont été employés pendant plusieurs mois; une partie de ces ouvriers était dans la boue jusqu'au dessus du genou, et n'en sortait pas de la journée; la plupart alternaient cette occupation avec d'autres moins pénibles, mais quelques-uns les ont continuées sans interruption pendant un mois ou six semaines, et ce sont eux qui m'ont fourni les détails suivans.

Tous, sans exception, ont éprouvé au second ou au troisième jour, une rougeur extrême de toutes les parties qui avaient été enfoncées dans la boue; cette rougeur s'accompagnait d'une démangeaison et d'une cuisson insupportable, que tous ont comparées à l'action du sel sur une partie dénudée.

La rougeur disparaissait avec la cuisson si l'ouvrier interrompait ses travaux, mais s'il les continuait, il se formait sur la peau une éruption, tellement semblable à celle de la gale, que la comparaison n'échappait pas à ces gens qui pour la plupart avaient été militaires ; elle se séchait ensuite, et disparaissait sous forme de poussière, en laissant la peau excessivement dure et apre.

Cette éruption m'a présenté quelques variétés ; je ne parlerai que des principales.

J'ai vu un homme chez lequel les deux mollets devinrent tout vergetés et couverts de sugillations après la cessation de la rougeur ; la démangeaison fut chez lui excessive.

J'en ai vu deux autres, dont les jambes, les cuisses et une partie du ventre, étaient couvertes de petites phlyctènes de la grosseur d'un pois, et remplis d'un liquide tout-à-fait transparent ; les phlyctènes duraient depuis trois semaines quand je vis ces individus ; elles ne les empêchaient pas de travailler, et se succédaient continuellement.

Quelques-uns ont éprouvé une enflure excessive des jambes, à la suite de l'érysipèle dont j'ai parlé, mais elle se dissipa par le repos, et ne reparut pas lorsqu'ils reprirent leurs travaux.

Il est bon de noter, qu'à tous ces accidens extérieurs se joignait une roideur extrême de tous les muscles de la jambe, et des articulations du pied et du genou, ce qui rendait la marche difficile.

Plusieurs ouvriers ont encore eu des clous et

des furoncles, mais sans en être trop incommodés.

Une affection plus rare que toutes celles que nous venons d'examiner, mais qui cependant, dans un atelier de neuf personnes, s'est offerte sur deux d'entr'elles, mérite par sa singularité de nous fixer un instant.

Elle consistait dans une enflure considérable du scrotum et du pénis, sans rougeur ni douleur de ces parties ; cette enflure disparaissait spontanément après quelques jours, et doit avoir eu la plus grande analogie avec l'hydrocèle par infiltration : je dis doit avoir eu, car je n'ai pas vu cette maladie chez ces ouvriers, j'en parle sur leur simple rapport ; mais un d'eux m'a montré les restes de cette infiltration, qui avait fait tomber tout l'épiderme des parties génitales, comme on le voit arriver tous les jours, à la suite de toutes les distentions de la peau : je suis donc sûr qu'ils ne m'ont pas trompé.

Les ouvriers ont eux-mêmes remarqué que les divers accidens que je viens de passer en revue, étaient d'autant plus fréquens et d'autant plus graves, que leurs travaux avaient lieu plus près de l'endroit où l'égout se jetait dans le fossé ; ils m'ont aussi assuré qu'ils étaient également plus fréquens et plus graves pendant les grandes chaleurs que pendant les tems frais ; cette dernière

particularité se comprend aisément ; mais pourquoi cette fréquence et cette gravité des accidens
à la partie supérieure du fossé ? Je n'entre-
prendrai pas de résoudre cette question.

Chose digne de remarque, c'est que pendant
toute la campagne, pas un seul de ces ouvriers
n'a été pris de fièvre intermittente ; nouvelle
contradiction avec les opinions généralement reçues et enseignées, sur l'influence de ces sortes
de localités, et de cette espèce de travaux ; tout
n'est donc pas encore connu sur cette partie de
l'hygiène.

Après cette courte digression sur les anciens
produits des égouts, je reviens aux égouts mêmes,
et à leur action sur l'économie.

Si l'influence des égouts (si on en excepte le
méphitisme produisant l'asphyxie) n'a point
d'action bien marquée sur la santé et sur la lon-
gévité, si même cette influence est salutaire sur
quelques maladies comme quelques faits semblent
le prouver, elle est loin d'avoir sur toutes la
même influence avantageuse.

Il paraît en effet constant, par tous les détails
que j'ai recueillis, qu'elle aggrave d'une manière remarquable les affections vénériennes
quelles qu'elles soient, et que ceux qui s'obsti-
nent à travailler avec une de ces maladies péris-
sent infailliblement. Charpiau m'a raconté à ce

sujet quelques faits assez curieux, et m'a assuré
qu'il avait bien soin d'examiner tous les jeunes
ouvriers qui lui étaient subordonnés, et qu'il lui
était souvent arrivé d'éloigner de sa profession,
ceux qui portaient quelques vestiges de la maladie dont nous parlons, ou qui n'étaient guéris
que depuis fort peu de tems ; il m'a nommé plusieurs de ses anciens camarades, qui ont succombé misérablement, et dont il attribuait la
mort à cette seule cause. Cette action des égouts
sur la maladie vénérienne, quoiqu'inexplicable,
me paraît cependant certaine. Charpiau n'est pas
le seul qui m'en ait parlé, et ce qui me ferait
croire qu'elle n'est pas imaginaire, c'est que dans
la visite que j'ai faite du grand égout, on m'a fait
remarquer un ancien soldat, qui ne pouvait nom-
brer les affections vénériennes qu'il avait eues,
et qui depuis qu'il travaillait aux égouts était
vieilli, cassé et affaibli d'une manière toute
particulière, et cependant par la nature de ses
travaux, il était obligé d'y descendre rarement.

Si ces faits ne sont pas bien prouvés, au moins
méritent-ils d'être examinés de nouveau ; je serais tenté de croire que le froid humide, si contraire comme l'on sait aux affections vénériennes,
pourrait bien être ici pour quelque chose (34).

Nous avons vu que le métier de cureur d'égout
n'était pas seulement repoussant, mais qu'il

présentait même des dangers de plus d'un genre ; comment se fait-il donc, que malgré ces dangers, malgré la fatigue extrême et le dégoût inséparable de ces travaux, malgré surtout la modicité du salaire (deux francs par jour); comment, dis-je, peut-on trouver des hommes disposés à s'y consacrer ? Cependant non-seulement on en trouve, mais il est encore à remarquer qu'ils s'attachent tellement à cette profession, qu'ils la quittent rarement après l'avoir embrassée ; comment expliquer cela ? En voici ce me semble la raison.

Quelle que soit l'immense étendue des égouts de Paris, les ouvriers occupés à leur entretien sont en très-petit nombre, puisqu'il n'a jamais dépassé celui de vingt-quatre, divisés en deux ateliers, celui du nord et celui du midi ; ils se connaissent donc tous, ils ne peuvent travailler isolément, ils savent quels sont les dangers qui les entourent ; le besoin qu'ils ont de leurs camarades dans le danger, les services qu'ils se sont rendus en plusieurs circonstances, il n'en est peut-être pas un seul qui ne doive la vie à son camarade ; et comme ils sont tous sans bien et sans fortune, que l'égalité la plus parfaite règne parmi eux, ils sont peut-être les seuls qui connaissent tous les charmes de la véritable amitié, et je ne serais pas surpris qu'on fût obligé d'aller

chercher dans les égouts de Paris le type du véritable bonheur, si le bonheur consiste dans la certitude d'avoir un véritable ami, comme l'ont pensé
quelques anciens philosophes.

On se tromperait beaucoup si l'on croyait que
la classe la plus abjecte et la plus ignorante de
Paris s'adonnât seule à ces travaux, puisque tous
les ouvriers égoutiers que j'ai interrogés savaient
lire et écrire. J'ai eu dans les mains un procès-
verbal rédigé par l'un d'eux, a l'occasion de quelques accidens arrivés dans l'égout de la place du
Châtelet, et je puis assurer qu'il eût été difficile
d'y trouver quelque chose à redire ; il eût été
parfait si quelques fautes d'orthographe ne l'eussent déparé.

C'est probablement, suivant moi, à cette sorte
d'éducation première, ou au moins à celle de
leurs chefs que ces ouvriers doivent leur conservation, car ils ne s'exposent pas inutilement au
danger comme la plupart des autres ouvriers, ils
prennent des précautions quand un travail leur
paraît suspect, ils s'en éloignent souvent pour revenir de tems en tems à la charge, ils refusent
même de pénétrer dans les lieux décidément infectés ; et de cette manière ils rendent très-rares
des accidens, qui sans cette précaution seraient
extrêmement fréquens.

CHAPITRE XI.

INFLUENCE DES ÉGOUTS INFECTÉS SUR CEUX QUI Y
PÉNÈTRENT.

Si ce que j'ai dit jusqu'ici des égouts, a prouvé
que leur influence était à peu près nulle et quelquefois même salutaire pour la santé ; si le sort des
ouvriers qui y passent leur vie ne nous a pas paru
aussi pénible qu'il l'est au premier aspect, nous
devons nous détromper et savoir, que les dangers les environnent continuellement, et qu'il
suffit de la cause la plus légère, et souvent la plus
inappréciable, pour les tuer en un instant.

Je ne me propose pas dans ce chapitre de faire
l'histoire de l'asphyxie en général, elle doit être
connue de tous ceux qui me lisent ; je veux seulement indiquer quelle est la nature de celle qui
a lieu dans les égouts, après avoir rapporté l'histoire de quelques-unes des plus remarquables qui
ont été observées depuis quelques années, et
chercher s'il est un moyen de connaître si un
égout est ou n'est pas infecté.

Histoire des principaux accidens arrivés de-
puis quelques années dans les égouts de Pa-
ris. Parmi les ouvriers occupés au curage des
égouts, j'ai déjà eu occasion de citer plusieurs
fois le nom de l'un d'eux, qui était fort âgé, et
qui jouissant d'une grande intelligence et d'une mémoire locale remarquable, m'a donné des détails
curieux sur les divers accidens dont il a été
témoin depuis quarante ans qu'il travaille dans
les égouts ; ces rapports m'ayant été confirmés
par d'autres ouvriers ou des inspecteurs ; quelques-uns même se trouvant consignés dans les
mémoires de l'Académie des Sciences ou d'autres
recueils, ils me paraissent dignes de foi.

En 1782, me dit Charpiau ou Rendon (c'est le
nom de cet ouvrier), huit ouvriers furent asphyxiés dans l'égout Amelot, peu de tems après
y avoir pénétré (35).

En 1785, cinq ouvriers étant descendus dans
le grand égout, non loin de la rue des Filles-
du-Calvaire, furent également asphyxiés, mais
ayant été secourus à tems ils revinrent à la vie.

En 1787, sur plusieurs ouvriers dont Charpiau
ne se rappelle pas le nombre, et qui travaillaient
dans l'égout de la Vieille-rue-du-Temple, deux
furent asphyxiés et périrent à l'hôpital où on les
avait transportés ; par un hasard singulier, tous

les autres qui travaillaient à côté de ceux-ci n'é-
prouvèrent rien.

En 1793, Charpiau fut lui-même asphyxié
dans le grand égout, je ne sais à quel endroit,
mais exposé à l'air par ses camarades, il reprit
bientôt connaissance et rentra dans l'égout une
heure après en être sorti.

De 1793 à 1820 il survint de tems en tems
quelques accidens, mais qui furent très-légers, car
aucun ouvrier ne périt; il paraît que ces hommes
instruits par l'expérience prenaient plus de précautions, ou que la police des égouts était mieux
faite à cette époque que précédemment (36).

Je dois dire cependant, qu'en 1811, cinq
maçons furent amenés à l'Hôtel-Dieu et placés
dans les salles de MM. Petit et Recamier; ces
cinq maçons avaient été asphyxiés en travaillant à
la réparation d'un égout; de ces cinq malheureux, deux perdirent la vie, c'étaient les plus
jeunes (37).

J'en ai vu arriver deux autres dans le même
hôpital en 1813, qui avaient également été retirés d'un égout; ceux-ci furent plus heureux que
les autres, car ils n'éprouvèrent que des accidens
fort légers et sortirent promptement de l'hôpital (38).

J'ai recueilli des notes sur ces deux accidens;

mais il m'importait fort peu alors de savoir dans
quelle partie des égouts de Paris ils étaient arrivés ; il semble que les préposés et les employés
des égouts n'en ont point eu connaissance , ce
que je ne puis concevoir, mais je rapporte ce
que j'ai vu.

Enfin chacun de nous se rappelle ce qui arriva
en 1821 , à huit ou dix ouvriers, qui furent tous
asphyxiés rue Sanson vis-à-vis le Château-d'Eau,
mais qui , retirés promptement et conduits à l'hôpital Saint-Louis, y reçurent des soins si bien diri-
gés qu'ils furent rappelés à la vie en peu de jours ;
et de même l'événement du 13 mai 1822, dans
lequel le nommé Bunel, jeune homme de vingt-
cinq ans , faible et délicat, fut asphyxié dans la
partie du grand égout qui passe au-dessous des
petits théâtres du boulevard du Temple, et qui,
malgré les soins les plus éclairés, périt à l'hôpital
Saint-Louis peu de tems après y avoir été trans-
féré.

Un fait digne de remarque, et qui pourra
nous servir beaucoup dans la suite, c'est que ce
jeune homme fut seul affecté, que ses nombreux
camarades n'éprouvèrent rien, qu'il était malade
depuis plusieurs jours, qu'il avait pris une médecine la veille de son accident, et qu'il se livrait
depuis long-tems à tous les désordres du libertinage. (voyez la note 34.)

J'ajouterai que dans les travaux immenses qui furent faits pendant l'année 1822, dans les fossés de la Bastille, trois ouvriers travaillant dans ces fossés, à l'embouchure de l'égout de la rue Amelot, furent subitement frappés et perdirent connaissance ; je ne sais s'ils sont morts ou s'ils ont été rappelés à la vie, je sais seulement qu'ils furent conduits chez eux sans connaissance, et qu'on ne les a pas vus reparaître depuis ; je tiens ce dernier fait de quelques ouvriers terrassiers et d'un chef d'atelier.

Il me serait facile de rapporter un assez grand nombre d'accidens moins graves que ceux-ci, qui sont arrivés à diverses époques, et qui m'ont été rapportés par Charpiau ou par ses camarades, il ne se passe pas d'année sans qu'il s'en présente quelques-uns ; ils prouvent tous la présence d'esprit de ces ouvriers et à combien de périls ils s'exposent pour venir au secours de leurs camarades en danger ; je crois en avoir dit assez pour faire connaître que les dangers que présentent les égouts infectés ne sont que trop véritables (39).

Peut-on connaître si un égout est ou n'est pas infecté, et quels sont les signes qu'il fournira dans ces circonstances ? Cette question de la plus haute importance pour le salut des ouvriers, et qui m'a souvent occupé, est loin de pouvoir être résolue facilement, dans l'état actuel de nos connaissances.

Tout le monde connaît l'expérience de la lumière, qui, introduite dans un égout, dans un puits, ou dans une fosse d'aisance, s'y éteint quelquefois, ce que l'on a donné comme une preuve évidente d'infection; mais tout montre combien est vain ce moyen d'expérience, puisqu'il a été démontré par une multitude de faits arrivés en plusieurs circonstances, que non-seulement les animaux, mais encore les hommes, pouvaient vivre dans une atmosphère assez viciée pour éteindre les bougies sans que la respiration en fût même gênée d'une manière notable. Je rappellerai, à cette occasion, que dans tous les cas d'asphyxie suivis de mort, dont j'ai pu recueillir les détails, la lumière ne s'est pas éteinte dans les mains de ces ouvriers; on aurait donc grand tort de s'en rapporter à ce seul signe pour se rassurer sur l'état d'un égout dans lequel on n'avait pas pénétré depuis un certain tems (40).

Si l'expérience de la lumière ne peut rien nous fournir de certain sur l'état d'infection ou de non-infection des égouts, l'odeur plus ou moins désagréable qu'ils répandent, nous sera-t-elle pour cela de quelqu'utilité? Non assurément, puisque beaucoup de gaz susceptibles d'asphyxier sont inodores ; nos sens, sous ce rapport, ne sont capables que de nous tromper (41).

A ce défaut de l'expérience de la lumière, et du secours que pourraient nous offrir quelques-uns de nos sens, ne serait-il pas possible de tirer parti de l'analyse opérée par les procédés chimiques ? Nul moyen, assurément, ne serait préférable ; mais peut-on faire à chaque instant cette analyse, et d'ailleurs, des faits nombreux ne prouvent-ils pas pour les égouts comme pour les fosses d'aisances, que le principe délétère susceptible d'asphyxier, peut n'exister que dans un coin très-circonscrit, et se développer presque instantanément dans un endroit ou il n'existait pas auparavant, soit par l'agitation des matières, soit par le brisement de la croûte qui s'établit à la surface, soit même par le simple soulèvement d'une pierre ou par toute autre cause, qui, bien qu'inaccessible à nos recherches et à nos explications, n'en est pas moins véritable. Ce que j'ai rapporté plus haut sur les maçons qui furent asphyxiés en travaillant à la réparation d'un égout, en est la meilleure preuve.

Bien des faits tendent à nous démontrer, que tout n'est pas encore connu sur la manière dont agissent sur nous les corps susceptibles de nous asphyxier ; je doute même qu'on y parvienne jamais, puisque le degré plus ou moins grand de

susceptibilité individuelle et de résistance vitale
y est pour beaucoup, comme on a pu s'en assurer
par toutes les histoires des accidens rapportées
avec quelques détails, et dans lesquelles on a
vu souvent un ou deux ouvriers tomber asphyxiés, tandis que leurs voisins ne l'ont pas
été, quoique placés dans des circonstances absolument semblables.

Puisque ni nos sens, ni l'expérience de la lumière, ni même enfin l'analyse chimique ne sont
capables de nous fournir les moyens de reconnaître si un homme peut ou non pénétrer impunément dans un égout quelconque, négligé
depuis quelque tems, quel moyen peut-on mettre pour cela en usage ? Il faut l'avouer, nous ne
pouvons nous conduire que par des probabilités ;
en cela, comme en beaucoup d'autres choses,
l'habitude et l'expérience des ouvriers, jointes à
la connaissance des localités, à l'observation de
la température et de mille circonstances acces-
soires, seront toujours le plus sûr et le meilleur
guide. Il n'y avait pas un mois que l'eau coulait
dans la continuation faite à l'égout Amelot, dans
les fossés de la Bastille, lorsque M. Pardon, inspecteur actuel de la salubrité, me dit qu'il n'était
déjà plus prudent d'y pénétrer ; n'avons-nous
pas vu l'année passée l'égout de la place du
Châtelet, habituellement salubre, s'infecter tout

à coup parce que l'eau cessa d'y couler pendant quelque tems, et ne savons-nous pas que l'égout de l'abattoir de Grenelle, quoique lavé et visité tous les huit jours, met continuellement en danger la vie des ouvriers qui y descendent, tandis que ceux des autres abattoirs, qui sont plus étendus et qui ne sont visités que toutes les trois semaines, n'altèrent pas même la respiration.

C'est aux chefs d'ateliers à prendre là-dessus des précautions, et à faire une étude spéciale de tous les lieux et de toutes les circonstances particulières qui ont amené et accompagné chaque accident ; c'est en cela que l'histoire détaillée de ces accidens, et de chaque égout en particulier, consignée dans un registre, pourrait être avantageuse.

Quelle est la nature de l'axphyxie occasionée par les émanations des égouts ? Pour résoudre d'une manière complète cette question importante, je vais me servir d'abord du raisonnement et du rapprochement des faits, en tirant parti pour cela de toutes les connaissances que nous avons sur les fosses d'aisances. Je commence par examiner la nature des substances qui, dans l'un et l'autre de ces lieux, y subissent quelqu'altération.

Nous savons que les fosses d'aisance sont d'autant plus mauvaises, qu'on y jette des matières animales non décomposées, ce qui fait que les vidangeurs redoutent surtout celles des maisons où sont des bouchers, des chirurgiens-accoucheurs, celles où sont réunis un grand nombre d'élèves en médecine, qui y précipitent souvent des pièces anatomiques, etc. Nous savons aussi que l'eau de savon gâte et infecte constamment les fosses, et que les puisards, malheureusement si nombreux dans Paris, sont bien plus redoutés par les gadouards que les fosses elles-mêmes; or, quelle différence y a-t-il entre un égout et entre un puisard et une fosse d'aisance, sous le rapport des substances qu'ils contiennent? Ces substances sont-elles susceptibles d'une autre altération dans un lieu que dans un autre? Ne voyons-nous pas les accidens arriver particulièrement dans les égouts qui les reçoivent? Tous ces faits et ces observations réunies ne prouvent-elles pas évidemment la similitude qui existe entre les asphyxies produites dans ces deux localités?

Nos sens seuls, pourvu qu'ils soient un peu exercés, et les phénomènes physiques qui se remarquent dans les égouts et les fosses d'aisance, peuvent encore, jusqu'à un certain point, nous démontrer que l'asphyxie, qui a lieu danles deux localités est toujours la même.

L'ammoniaque et l'hydrogène sulfuré, si manifestes dans les fosses d'aisance, ne se retrou-
vent-ils pas dans les égouts? Celle-là ne déter-
mine-t-elle pas, par ses propriétés irritantes, la
rougeur des yeux chez les égoutiers et les gadouards? Celui-ci ne noircit-il pas de la même
manière dans les deux localités, l'or et l'argent,
lors même qu'il est en trop petite quantité pour
frapper l'odorat? L'une et l'autre ne se répan-
dent-ils pas avec plus d'abondance dans les fosses
et dans les égouts, lorsqu'on vient à remuer les
matières qu'ils contiennent, ou à casser la croûte
qui se forme sur ces matières, et qui empêche
leur développement? Enfin, la présence de l'a-
zote, cause la plus commune d'asphyxie dans l'un
et l'autre lieu, n'est-elle pas assez prouvée par
l'extinction des corps en ignition qu'on y jette,
par la gêne de la respiration qu'éprouvent d'a-
bord ceux qui y entrent, et leur mort qui survient ensuite, soit que cet azote soit dû à la décomposition des substances animales qui resti-
tuent alors l'élément principal dont elles sont
composées, soit que ces substances absorbent
elles-mêmes l'oxigène de l'air avec lequel elles
sont en contact, soit enfin que cette décomposition de l'air ait lieu au moyen de l'hydro-sulfure
d'ammoniaque, qui, comme on sait, absorbe
l'oxigène de l'air avec une grande facilité?

Comparons encore les symptômes qui accompagnent l'asphyxie produite par les fosses d'aisance, et celle que déterminent les égouts, et nous y verrons partout les mêmes rapports et les mêmes ressemblances.

Dans les fosses d'aisance, les symptômes varient suivant qu'ils sont occasionés seulement par le défaut d'air respirable (l'azote), ou par la présence d'un gaz éminemment délétère (l'hydro-sulfure d'ammoniaque).

Dans ce dernier cas, l'individu est saisi tout-à-coup, et meurt à l'instant, ou si la quantité de gaz délétère est trop faible pour amener à l'instant la mort, l'asphyxié, en perdant subitement connaissance, est pris de mouvemens convulsifs ou d'autres accidens nerveux fort graves, et ce n'est qu'après plusieurs jours qu'il recouvre une santé parfaite (voir la note 30).

Dans l'autre, la mort n'arrive jamais subitement, on n'observe pas de mouvemens convulsifs ; il n'existe qu'une gêne de la respiration qui va toujours en croissant et amène la mort d'une manière insensible, c'est une véritable suffocation.

Quelque incomplètes que soient les histoires d'asphyxie arrivées dans les égouts, quelques-unes le sont cependant assez pour nous faire reconnaître les deux espèces qui surviennent dans les fosses d'aisance.

Il est évident pour moi, que les maçons qui furent traités à l'Hôtel-Dieu en 1811 et en 1813, avaient été asphyxiés par un gaz délétère, sorti d'une vieille muraille qui s'écroula pendant qu'ils la réparaient, et qui détermina chez eux des convulsions très-fortes. Il est également fait mention de convulsion et de symptômes spasmodiques dans l'histoire de l'accident arrivé en 1781, dans l'égout de la rue Verte (Amelot), dont Cadet de Vaux et Vicq d'Azir ont consigné les détails dans les Mémoires de l'Académie des Sciences, comme je l'ai déjà rapporté.

Il paraît cependant, d'après tous les renseignemens que j'ai eus, que le gaz azote est celui qui se développe le plus fréquemment et le plus abondamment dans les égouts; nous en trouvons la preuve dans l'extinction des lumières qui a lieu subitement dans la plupart de ceux qui sont reconnus pour être infectés, et dans la faible lueur qu'elles répandent, et les précautions qu'il faut prendre pour les conserver dans ceux qui ne sont pas infectés au même degré. L'absence de l'odeur d'hydrogène sulfuré jointe à la gêne de la respiration qu'éprouvent les ouvriers, indiquent encore la présence de ce gaz, qui agit quelquefois avec tant de force que les hommes sont obligés de quit-

ter leurs travaux et de venir respirer le grand air ;
ce qui leur arrive assez fréquemment dans l'é-
gout de l'abattoir de Grenelle, à cause de sa
faible pente et de sa voûte basse et étroite,
qui les contraint d'y travailler toujours accrou-
pis (42).

Charpiau, Nansal et autres égoutiers, qui ont
été asphyxiés, ou qui ont vu plusieurs de leurs
camarades perdre connaissance devant eux, m'ont
fourni quelques renseignemens, bien incomplets
sans doute, mais qui cependant peuvent être
utiles pour découvrir la nature des gaz qui pro-
duisent l'asphyxie ; suivant eux elle commence par
des étourdissemens, vient ensuite une gêne pro-
gressive dans la respiration, qui s'accélère beaucoup, la sueur monte au visage, les oreilles
tintent, les jambes fléchissent, et la connaissance
se perd en même-tems que l'individu tombe ; lorsqu'on le relève les membres sont flasques, mais
la seule exposition au grand air suffit pour faire
disparaître les accidens et ramener la santé ; jamais les personnes qui m'ont fourni ces renseignemens n'ont éprouvé elles-mêmes de convulsions, elles n'en ont pas non plus remarqué
sur leurs camarades.

Nous resterons donc convaincus, que les asphyxies qui ont lieu dans les égouts, sont identi-
ques à celles que procurent les fosses d'aisance ;

cette opinion est celle de deux hommes célèbres, M. Hallé et M. Dupuytren, dont les beaux et magnifiques travaux sur les fosses d'aisance sont connus de tout le monde ; et j'ajouterai pour preuve plus convaincante encore l'analyse que M. Gaultier de Claubry vient de faire de l'air des égouts, laquelle y a démontré, la présence de tous les élémens des asphyxies, c'est-à-dire, une diminution très-forte dans les proportions de l'oxigène, une augmentation notable d'azote, et la présence d'une certaine quantité d'acide carbonique et de gaz hydrogène sulfuré. (Voir la note 30, où cette analyse est consignée en détail.) (43)

CHAPITRE XII.

AMÉLIORATIONS A FAIRE.

Dans ce chapitre, but et complément de tout ce que j'ai dit jusqu'ici ; je m'occuperai comme citoyen de ce qui intéresse tous les habitans de Paris, et, comme médecin, de ce qui regarde particulièrement la santé des ouvriers, ce qui me force de revenir successivement sur les trois

genres d'égouts dont j'ai parlé dans leur description générale.

~~~~~~~~~~~~~~~~~~

SECTION PREMIÈRE.

Système des Égouts voûtés.

Sans répéter ce que j'ai déjà dit, sur les avantages que la ville de Paris a retirés des égouts
voûtés, sous le rapport de la salubrité et de l'a-
grément, j'aborde la question par demander si
dans l'état actuel ceux qui existent sont suffisans,
et je réponds par la négative. Je n'aurai pas de
peine à prouver cette vérité à ceux qui marchent
habituellement dans Paris, et qui connaissent la
mal-propreté des rues, la largeur des ruisseaux
de quelques-unes, dont il faut se ranger continuellement, et qui deviennent impraticables
à la moindre pluie, et surtout les inondations
véritables qui ont lieu dans quelques orages, et
qui, comme je vais le montrer tout à l'heure,
vont devenir avant peu le fléau de Paris, si on
n'y apporte promptement remède. Ces inconvéniens et bien d'autres seraient mieux sentis, s'il
m'eût été possible de réunir tous les matériaux
qui me sont nécessaires, pour un travail semblable

à celui-ci, que je me propose de publier sur les rues de Paris.

La nécessité de nouveaux égouts reconnue, en quels lieux seront-ils construits ? Six me semblent nécessaires du côté droit de la Seine ; et un pareil nombre, mais bien moins étendus, du côté gauche de ce fleuve.

Du côté droit de la Seine. Un devrait être construit dans toute l'étendue de la rue Saint-Antoine ; un second dans la Vieille-rue-du-Temple ; un troisième dans la rue du Temple et la rue Sainte-Avoie ; le quatrième dans la rue Saint-Martin ; le cinquième dans la Halle et la rue Montorgueil ; le sixième, enfin, dans toute l'étendue de la rue Saint-Honoré.

Du côté gauche de la Seine. Le premier et le plus important devrait être fait dans la rue du Bac ; le second, en partant de l'égout Saint-Benoît, s'étendrait dans les rues du Four et du Cherche-Midi ; le troisième en partant de l'égout de la rue de Seine s'étendrait dans la rue de Tournon ; le quatrième traverserait la place Maubert et suivrait la rue Saint-Victor, le cinquième et le sixième ne seraient qu'une prolongation de ceux qui sont au bas des rues Saint-Jacques et de la Harpe, car il ne faut pas croire que la pente rapide du terrain où doivent se trouver ces trois derniers les préserve des inondations dans les orages, c'est justement cette pente rapide qui permet aux eaux de se précipiter et de submerger en un instant toutes les parties inférieures qui sont horizontales; je les ai vues souvent impraticables, même pour les voitures.

L'établissement de ces nouveaux égouts reconnu nécessaire, une foule de détails de la plus haute importance, relatifs à leur construction, se présente à l'esprit; il est peut-être téméraire à moi de les indiquer et de m'immiscer ainsi dans le domaine des ponts-et-chaussées, mais comme mon opinion ne peut avoir aucune influence sur les projets des hommes habiles employés par l'administration, et qu'il peut quelquefois arriver à un homme étranger à une science d'ouvrir sur elle un bon avis, je le fais sans hésiter, et commence par leur direction (44).

Direction qu'il faudrait donner aux nouveaux égouts. Cet objet, vague en apparence, le deviendra beaucoup moins, je l'espère, lorsque j'aurai terminé ce que je vais en dire.

Si l'on suit l'inclinaison naturelle du sol, on dirigera les égouts de la rue Saint-Antoine, de la Vieille-rue-du-Temple, de la rue du Temple, de la rue Saint-Martin, etc., vers le grand égout, tandis que les efforts des ingénieurs doivent tendre à les en détourner.

La raison de cette obligation est facile à saisir

pour celui qui connaît bien ce dernier égout,
et qui sait qu'il est souvent insuffisant pour débiter l'eau qu'il reçoit, ce qui fait que dans les
orages, s'emplissant en un instant jusqu'à la
voûte, il regorge et inonde tous les quartiers
qu'il parcourt et les orifices extérieurs des égouts
secondaires qu'il reçoit; on peut questionner sur
les inconvéniens qui résultent de ces inondations, les habitans de la rue Richer, et les voisins
de l'égout du Temple, à l'orifice duquel j'ai
quelquefois vu l'eau s'élever à la hauteur de
quatre à cinq pieds.

Je ne parle pas du tort que le soulèvement
opéré par l'eau peut faire à la voûte, qui, construite en plâtre et d'une manière fort imparfaite
en plusieurs points de son étendue, pourrait fort
bien s'écrouler; on ne peut ni calculer ni prévoir, les ravages qui résulteraient d'un pareil accident.

Qu'on ne se rassure pas sur la rareté des orages
qui amènent ces inondations; un tems n'est pas
éloigné où l'orage le plus ordinaire les renouvellera, à moins qu'on n'y apporte promptement
remède.

Si l'on a bien compris ce que j'ai dit sur la
configuration du sol et sur l'étendue du bassin
de ce grand égout, on se rappellera qu'il embrasse non-seulement une grande partie de l'in-

térieur de Paris, mais encore toutes les collines
basses qui le circonscrivent et même celles de
Belleville et de Montmartre. Jusqu'ici toute l'eau
qui tombait sur ces collines n'arrivait pas à
l'égout, parce qu'elle s'infiltrait dans les marais, les jardins, et les terres labourables dont
elles étaient couvertes ; mais aujourd'hui que
les constructions envahissent tous ces terrains,
l'eau recueillie sur des toits et des cours pavées,
va être dirigée sur les rues qu'on y perce de
toutes parts, et amenée directement à l'égout par
leur pente naturelle ; les acccidens seront alors
d'autant plus graves, que cette eau entraînée par
son poids se précipitera en un instant, sans donner
à celle qui l'aura précédée, le tems de s'écouler.

Il résulte de cette disposition, qu'une étendue
donnée de superficie de terrain, exigera plus de
soin et d'attention qu'une étendue double ou
triple de terrain disposé d'une manière contraire ;
les rues Saint-Jacques et de la Harpe dont j'ai
parlé il n'y a qu'un instant, en sont un exemple
frappant.

Lorsqu'on examine l'immense surface du clos
Saint-Lazare et de tous les terrains qui sont à
sa droite et à sa gauche, on est vraiment effrayé
des conséquences fâcheuses que vont avoir avant
peu pour le grand égout, les rues et les constructions magnifiques qu'on y fait de tout côté.

Pour ne point revenir sur ce grand égout si important pour Paris, comme il est facile de le voir, je vais terminer tout ce qui le concerne.

Ses inconvéniens présens sont évidens ; ceux qu'il doit avoir par la suite le sont davantage; il faut y remédier ; comment le faire ? Voici ce que je dirais, si j'étais consulté sur ce point.

La cause du mal n'est pas seulement dans Paris, elle est hors des barrières et particulière-mens sur les hauteurs de Ménilmontant, de Bel' leville et de Montmartre ; en effet, le pavé de de ces différens lieux est tellement disposé, que par les principales chaussées et leurs embranche-mens, il reçoit et recueille toute l'eau qui tombe non-seulement sur les villages qui les surmon-tent, mais encore toute celle qui tombe sur leur penchant, en sorte qu'il semble disposé à dessein pour n'en pas perdre une goutte ; il faut donc, dès aujourd'hui, donner au pavé de tous ces lieux, une direction convenable pour que l'eau s'en échappe de distance en distance pour s'infiltrer dans les terres voisines, ce qui avait été fait par l'ingénieur chargé du chemin qui fut construit il y a quinze ans, sur la montagne de Montmartre, mais on a détruit depuis cette sage disposition.

L'accroissement rapide que prennent tous ces villages, puisque plusieurs rues nouvelles ont été construites cette année dans celui de Belleville, les rend aussi dignes d'attention que le clos Saint-Lazare et les lieux voisins dont je viens de parler.

Qu'on ne croie pas cependant avoir tout fait en changeant la direction des nouveaux égouts et en modifiant, comme je viens de le dire, le pavé des montagnes voisines ; on n'aura que diminué les inconvéniens que j'ai signalés, si on ne met à exécution des travaux d'une toute autre importance et d'un tout autre résultat.

Ils consistent dans la construction d'un ou de plusieurs embranchemens, qui, en traversant Paris, dégorgeraient le grand égout, et le rendraient en tout tems suffisant. Je vais encore exposer mes idées sur la manière dont je conçois ces embranchemens.

Un très-court espace sépare le grand égout de la partie la plus reculée de l'égout Amelot, pourquoi ne les pas réunir ? On donnerait, par ce moyen, un écoulement aux eaux des égouts Saint-Louis et de la Vieille-rue-du-Temple ; les belles observations de Buache et de Bonamy, qui, dans la grande inondation de 1740, ont vu la Seine remonter dans ces deux égouts, au point qu'elle aurait pu passer de l'un dans l'autre sans la langue de terre que je propose de franchir, prouvent que les niveaux sont dans les deux à peu près les mêmes (45).

L'égout que j'ai proposé plus haut dans la rue du Temple, peut, si on l'exécute, et sans augmentation de frais, servir de second embranchement. Il suffirait pour cela de le réunir d'un côté au grand égout, et de l'autre à celui de la place de Grève, en le faisant passer par les rues Sainte-Avoie, Bar-du-Bec et des Coquilles. J'ai examiné avec soin les localités qui concernent cet égout, et tout semble me prouver que son exécution doit être extrêmement facile.

Ces deux dérivations suffiront-elles ? Oui certainement pour le moment actuel ; cependant, comme tous les grands affluens, et particulièrement ceux qui vont se former dans les nouveaux quartiers, sont et seront beaucoup plus bas, j'ai tout lieu de croire qu'une troisième deviendra par la suite nécessaire. Si je connaissais les rapports de niveau qui existent entre l'égout de la rue de la Paix et celui de la rue de Rivoli, je proposerais de les réunir par la place Vendôme et la rue de Castiglione ; mais, dans ce projet, si l'égout de Rivoli est plus que suffisant pour recevoir une décharge, celui de la rue de la Chaussée-d'Antin serait-il assez grand et assez bien disposé pour dégorger le grand égout ? et, dans la supposition qu'il le soit, peut-on sans inconvénient augmenter la masse d'eau de l'égout de la place Louis XV, qui est construit sur des dimensions si

étroites, qu'il ne peut, même aujourd'hui dans
bien des circonstances, suffire à débiter l'eau
que lui fournit son bassin, d'où résultent de
graves inconvéniens pour le voisinage, et particulièrement pour la rue des Champs-Élysées, ce
dont je me suis assuré par le témoignage des habitans, et ce que j'ai vu moi-même un grand
nombre de fois ?

Je ne serais pas étonné, vu ces considérations
majeures, qu'il devînt nécessaire de mener cet
embranchement à la Seine à travers les Tuileries (46) ; si l'on n'aimait mieux en faire un autre
au-delà de la Magdeleine, au travers des chan-
tiers voisins, ce qui serait infiniment préférable.

Cette digression sur le grand égout terminée, je reviens à l'examen de la direction qu'il
convient de donner à ceux dont j'ai proposé
l'exécution.

Dans mon projet, l'égout de la rue Saint-
Antoine, qui recevrait dans son milieu celui de
la Vieille-rue-du-Temple, serait prolongé d'un
côté par la place de la Bastille, jusque dans la
nouvelle prolongation de l'égout Amelot ; et de
l'autre par l'arcade Saint-Jean dans l'égout de la
place de Grève. Ce dernier devrait être lui-
même prolongé jusqu'à l'angle de la rue de la
Tannerie, pour faire éviter aux piétons le ruisseau

de la place , qu'ils ne peuvent véritablement franchir lorsqu'il tombe de la pluie.

Pour l'égout de la rue du Temple , je n'ai rien à ajouter à tout ce que j'ai dit précédemment, en parlant des embranchemens que j'ai proposés pour le grand égout.

Si l'on voulait conduire en droite ligne à la Seine l'égout de la rue Saint-Martin , la chose serait impossible , pour la partie inférieure, à cause de l'élévation du terrain , le peu de largeur de la rue , et la hauteur des édifices ; mais on peut l'amener à la place du Châtelet par la rue des Lombards et le commencement de la rue Saint-Denis , ou mieux par la place Saint-Jacques-la-Boucherie , et la rue qui de cette place viendra à celle du Châtelet.

Enfin, ne connaissant pas les projets de l'administration relativement à la Halle , pour l'agrandissement de laquelle tant de maisons vont être incessamment détruites , je ne puis rien dire sur l'égout qui y deviendra nécessaire, ni sur celui de la rue Montorgueil qu'on pourrait y faire tomber.

Quant à l'égout de la rue Saint-Honoré , qui formera un système à part , il est tout-à-fait distinct de ceux que nous venons d'examiner ; ses embranchemens à la rivière sont tous faits par les égouts du Louvre, de la rue Froidmanteau et du

Carrousel, qu'il rencontrera sur son passage ;
il me semble qu'il serait facile d'y faire tomber
par la suite celui de la Halle, et surtout de diminuer par son moyen les inconvéniens de celui
de la place Louis XV, en dirigeant tellement sa
pente, qu'en partant de la rue Saint-Florentin,
elle vînt aboutir à l'égout du Carrousel.

Je n'ai rien à dire sur la direction de ceux du
côté gauche de la Seine, elle est indiquée par la
pente des ruisseaux actuels.

Dimensions que doivent avoir les Égouts.
Cette question, moins importante que la précédente dans l'état actuel des choses à Paris,
mérite cependant d'être examinée d'une manière
toute particulière.

En effet, ce n'est pas sur la quantité d'eau qui
passe ordinairement dans les égouts qu'il faut
régler cette dimension, mais sur celle qu'il lui
est possible de recevoir dans certaines circonstances ; quelques forts, par exemple, que soient
les ruisseaux des rues Froidmanteau et Saint-
Martin, que l'on peut comparer pour la masse
d'eau qui y coule à celui de la rue Traversière
du faubourg Saint-Antoine, il est évident par
l'inspection de leur bassin respectif, qu'il faudrait
donner à ce dernier une voûte infiniment plus
spacieuse qu'aux autres, puisque son bassin est
à celui du premier comme 20 est à 1.

C'est pour avoir négligé anciennement ces soins et ces précautions, que l'administration actuelle va être obligée de faire de grandes dépenses qu'on aurait pu certainement éviter.

On se fera aisément une idée de ce défaut que nous offrent nos égouts, sous le rapport de leur dimension, quand on saura que, dans les pluies d'orage, il ne faut pas cinq minutes pour les emplir jusqu'à la voûte.

La configuration du sol doit encore apporter des modifications dans cette partie si importante d'un égout; ainsi, plus le sol sera plat, et par conséquent l'écoulement difficile, plus aussi les dimensions devront être considérables ; la pente des affluens même devra encore la modifier, car, si elle est très-rapide, l'eau s'y précipitera, et occasionera plus d'accidens que n'en aurait occasioné une masse sextuple dans d'autres circonstances, ce que j'ai prouvé par ce que j'ai dit précédemment sur quelques égouts du midi.

Au reste, plus les égouts seront multipliés, et moins il deviendra nécessaire de les construire sur une grande dimension ; si, par exemple, il en existait sous toutes les rues, chacun d'eux recevant l'eau qui tombe à la surface, et pouvant sans inconvénient la contenir dans sa capacité pendant un certain tems, elle aurait le tems de s'écouler lentement; il suffirait alors de les diviser en trois ou quatre classes ; ceux qui existent maintenant et ceux que j'ai proposé de construire seraient les principaux, les autres ne seraient que des embranchemens ; la plus petite dimension suffirait à ces derniers : il est difficile de déterminer au juste celle qui conviendrait aux premiers, je crois cependant qu'une largeur de sept pieds, sur une hauteur de huit à dix serait suffisante. Je ne juge au reste de tout cela que par aperçu et d'après les observations que j'ai faites dans le grand égout et dans les autres ; il est prudent, dans tous les cas, de pécher plutôt par excès que par défaut, et d'étudier un peu sous le rapport des pluies d'orage, la météorologie de Paris.

Si l'on peut, sans inconvénient, diminuer à volonté la largeur des égouts, il n'en est pas de même de leur élévation ; elle doit être telle qu'un homme puisse toujours y passer debout ; les ouvriers m'ont paru attacher à cette disposition une grande importance ; ils m'ont assuré, que le plus grand inconvénient de quelques petits égouts et en particulier de celui de l'abattoir de Grenelle, tenait à l'abaissement extrême de la voûte qui les obligeait de n'y travailler que penchés.

Ce n'est pas seulement la fatigue attachée à la position penchée qui devient alors nuisible, mais bien plus encore la facilité avec laquelle on respire les émanations delétères qui se dégagent immédiatement sous le nez. L'observation du jeune homme qui fut pris à plusieurs reprises de coliques pour avoir cherché divers objets dans les fentes des pavés, malgré l'avis de ses camarades et dans une position accroupie, et qui, ayant renoncé à ce métier, cessa de les éprouver, me paraît sous ce rapport d'une grande importance, je l'ai rapporté avec détail dans le chapitre qui traite de l'influence des égouts sur la santé des ouvriers. (Voir la note 3o.)

Pente qu'il faut leur donner. La disposition presque horizontale du sol de Paris, et les grandes distances qu'il faut faire parcourir aux égouts, empêchera toujours de donner au plus grand nombre d'entre eux le degré de pente qui leur serait nécessaire.

C'est de cette horizontalité presque parfaite que naissent la plupart de leurs inconvéniens ; c'est elle qui permet aux matières étrangères d'y séjourner et d'en corrompre l'air en s'y putréfiant, ce qui rendra toujours nécessaire le travail des hommes pour les en débarrasser.

On aurait tort de croire qu'un courant rapide puisse servir à entraîner ces matières étrangères une fois déposées ; à moins qu'il ne soit continuel, il assainira bien l'égout , mais il passera sur la masse, sans l'altérer, ou tout au moins en n'en enlevant que la surface, tant est grande la consistance qu'elle acquiert une fois agglutinée ; la preuve de cette vérité c'est que les grands orages ne l'enlèvent pas, et semblent même lui donner plus de dureté par la compression à laquelle elle est alors soumise.

Au milieu des exemples que je pourrais fournir sur l'influence que la pente des égouts a sur leur salubrité, je ne citerai que ceux des abattoirs de Villejuif et de Grenelle, qui ont l'un et l'autre la même longueur et la même destination ; le premier, dont la pente est assez grande, n'est visité en été par les égoutiers que toutes les trois semaines et jamais il n'est infecté ; le second, qui est presque toujours horizontal, est visité tous les huit jours, il est même lavé par un courant d'eau avant l'arrivée des ouvriers, et cependant à peine ceux-ci peuvent-ils y résister, et sont-ils obligés de venir plusieurs fois respirer à l'air, quoique les regards soient constamment ouverts. Le peu d'élévation qu'a la voûte de cet égout dont je viens de parler à l'instant, n'ajoute certainement pas peu à l'influence fâcheuse quet peut avoir le défaut de pente.

D'après cela il me semble, que puisqu'il est impossible de changer le sol de la ville, il devient nécessaire de donner aux égouts qui y seron dorénavant construits le moins de longueur possible, ou d'ablir dans le milieu de ceux qui auront une très-grande étendue, par exemple dans les rues du Temple et Saint-Martin, un point de partage à direction opposée, ce qui doublera la pente actuelle, avantage qui n'est pas à négliger.

Observations relatives à leur pavage. Des égouts existans aujourd'hui, les uns, comme le grand égout et celui de Rivoli, sont dallés en grandes pierres, les autres ne sont garnis que de petits pavés réunis avec du ciment.

Les inconvéniens de ce dernier mode de pavage sont visibles en plus d'un endroit ; les pavés se sont désunis, des trous très-profonds se sont formés, la boue s'y accumule, et, pour plus grand inconvénient, c'est qu'il est impossible de l'en retirer, le rabot des ouvriers passant au-dessus des pierres irrégulièrement amoncelées.

Il serait donc à souhaiter que ce dernier système de pavage fut entièrement rejeté ; il est d'autant plus mauvais dans les égouts, qu'il devient presque impossible de les réparer, puisque l'eau y passe continuellement, et qu'on ne peut sans de grandes dépenses lui donner une autre direction.

Quels matériaux doit-on employer dans leur construction ? Cette question en apparence bien

étrangère à la médecine s'y rattache cependant ;
quelques rapprochemens avec la fosse d'aisance
le feront aisément sentir.

On a remarqué que l'asphyxie avait souvent
lieu dans les fosses d'aisance, plusieurs jours
après la vidange et lorsque les ouvriers s'occu-
paient des réparations.

On a remarqué aussi, que les accidens avaient
principalement lieu dans les fosses construites
en pierres tendres, à travers ou entre les joints
desquelles les subtances putrescibles peuvent
pénétrer, et, en s'accumulant dans les interstices
ou les clapiers, y contracter un degré d'altération bien plus considérable que si elles fussent
restées dans la fosse.

Comme l'identité entre les égouts et les fosses
d'aisances a été, je crois, suffisamment prouvée
par tout ce que j'ai dit, ne devons nous pas appréhender que cette identité ne se retrouve jusque
dans cette dernière particularité ?

C'est justement ce qui existe, et ce qui est
prouvé par les accidens qui sont arrivés, à deux
époques différentes, aux maçons qui ont été soignés devant moi à l'Hôtel-Dieu, et dont j'ai
rapporté l'histoire.

Comment, dira-t-on peut-être, le principe délétère peut-il être ici en quantité suffisante pour
pouvoir nuire à celui qui le respire ? Je renvoie

pour réponse à ce que j'ai dit sur l'asphyxie, et particulièrement aux détails que j'ai consignés dans la note 3o.

Puis donc qu'on a reconnu qu'il fallait, pour éviter les accidens des fosses d'aisance, rejeter de leurs constructions les pierres tendres et y substituer les pierres dures ou la meulière, on doit faire la même chose pour la construction des égouts. Il le faut avec d'autant plus de raison qu'on empêchera par ce moyen les rats de fouir dans leur intérieur, et de s'y creuser des retraites, comme ils le font aujourd'hui dans quelques endroits, ce qui augmente les chances d'accidens, et surtout parce qu'on obviera encore aux dégradations que les grandes eaux occasionent lorsqu'elles y pénètrent, par le flot continuel dont elles sont agitées. Il suffit de voir l'état de dégradation où sont les anciens égouts, pour reconnaître combien est sage la mesure qui a été prise depuis quelques années de les construire en meulière.

Importance des regards. De tout ce qui appartient à la construction des égouts, sous le rapport de leur assainissement et de leur salubrité, il n'est peut-être rien d'aussi important que les regards.

Est-il possible, en effet, de renouveler l'air dans ces longues galeries par un autre moyen;

aussi voyons-nous qu'ils ont été établis dès l'origine des égouts, mais d'une manière si défec-
tueuse, que les avantages qu'ils peuvent offrir
sont complètement détruits.

Comment donc n'a-t-on pas senti qu'en bou-
chant hermétiquement les orifices extérieurs de
ces regards avec des disques de fonte, comme on
le voit dans toutes nos rues, on réduisait à rien
les avantages qu'on s'était proposés dans leur
construction, et qu'il était cependant si f ac ile
conserver en donnant une autre forme à ces
opercules, c'est-à-dire en les construisant à claire-
voie? Les égouts Saint-Denis et de Rivoli nous
fournissent là-dessus des modèles; par quelle
fatalité les a-t-on dédaignés pour retourner à
l'ancienne méthode, dans tous les égouts qui ont
été construits depuis ceux-ci (47).

Pour prouver l'immense utilité des regards,
et en particulier de ceux qui, fermés simplement
par une grille, restent constamment ouverts, je
citerai un fait fort remarquable, que je tiens de
M. Nergot, directeur et inspecteur des réparations des égouts.

Lorsque l'égout de la rue Saint-Denis eut été
voûté, on négligea d'en extraire les déblais, ce
qui fit que l'eau du ruisseau, retenue dans son
cours, s'y accumula et parvint, en peu de tems,
à la hauteur de trois à quatre pieds; ce ne fut

qu'après trois mois qu'on entreprit ce curage, qui, par ses difficultés et les dangers qu'il pouvait avoir, effraya la plupart des égoutiers, et en particulier Charpiau et Nansal, les plus anciens et les plus courageux d'entre eux, qui jugèrent prudent de se retirer et d'abandonner l'entreprise ; il fallut avoir recours à des ouvriers étrangers, qui terminèrent heureusement ce travail sans le moindre accident. Il est démontré pour moi, que cet heureux événement est dû uniquement aux nombreux regards grillés qui se trouvent de distance en distance, quoique leurs petites ouvertures et leur disposition courbée et latérale les rendent bien moins utiles que s'ils étaient plus convenablement placés.

Il faut noter que ce travail dura long-tems, qu'il fut fait dans le cœur de l'été, et que le refus que firent d'y prendre part les plus expérimentés et les plus judicieux des ouvriers, prouve combien l'infection était grande et le danger à redouter (48).

J'ajouterai encore que d'après les renseignemens que j'ai pris, il paraît certain que la plupart des asphyxies qui ont eu lieu dans les égouts sont arrivées lorsque les regards étaient fermés, et toujours loin des ouvertures et des embouchures (49).

Je sais qu'il est maintenant enjoint aux ouvriers

d'ouvrir ces regards pendant leur travail, mais le font-ils? Non assurément, dans la plupart des circonstances, et quand ils le feraient, je puis encore prouver l'insuffisance de cette ouverture momentanée pour assainir un égout infecté; les égouts eux-mêmes et les fosses d'aisance me fourniront des argumens; dans le malheureux événement qui arriva le 8 juin 1781 dans l'égout Amelot, on avait eu soin de laisser les ouvertures libres, et même d'y faire des fumigations, d'y établir un fourneau d'appel, et cependant sept ouvriers y furent asphyxiés; aujourd'hui encore on a soin d'ouvrir les regards de l'égout de l'abattoir de Grenelle, et cependant cette précaution ne suffit pas, puisque les ouvriers sont obligés d'interrompre souvent leur travail, et de se rétablir en venant respirer au grand air.

Qui ignore qu'en aucun tems, l'ouverture faite à une fosse d'aisance, pour en extraire les matières, n'a pu empêcher l'asphyxie de ceux qui y descendaient, et qu'on la remarque encore de tems en tems, malgré les deux entrées que l'administration exige aujourd'hui, et qu'on a soin de tenir ouvertes plusieurs heures avant l'arrivée des ouvriers.

Imitons donc la sagesse de l'administration, qui veut maintenant qu'une fosse soit constamment en communication avec l'air extérieur, au moyen d'un large tuyau, et puisqu'elle n'a trouvé que ce seul moyen d'assainir ces lieux, employons-le pour les égouts avec la conviction d'un succès complet.

N'est-il pas d'ailleurs de précepte de rendre indépendant de la volonté et de la surveillance des hommes, et surtout des ouvriers, tout ce qui peut tenir d'une manière notable à leur conservation ; un oubli, une négligence sont si faciles, qu'il faut ôter, autant que l'on peut, jusqu'à la possibilité de les commettre (5o).

Ces avantages, assurément très-grands des regards, ne sont pas cependant les seuls qu'ils nous présentent ; ils peuvent être encore extrêmement utiles aux ouvriers dans les tems·d'orages et de pluies abondantes qui surviennent inopinément.

Or, comme il ne faut pas cinq minutes dans les orages pour que l'eau monte jusqu'à la voûte, qu'il faut quelquefois aux ouvriers plus d'un quart d'heure, dans les tems ordinaires, pour regagner l'endroit d'où ils sont partis, et que le double de tems leur est nécessaire lorsque l'eau est élevée et le courant rapide, il en résulte qu'ils ne peuvent se sauver dans ces circonstances, et qu'ils doivent nécessairement périr (51).

A la vérité, il leur est recommandé de laisser un des leurs à l'entrée de l'égout lorsque le tems est incertain, pour qu'il puisse les avertir ; mais

comme cet homme alors ne travaille pas, et qu'il
en résulte plus de peine pour les autres, ils sont
intéressés à négliger cette précaution, qu'en effet ils négligent presque toujours ; d'ailleurs,
peut-on répondre de l'exactitude de cet homme,
sait-on s'il ne s'endormira pas ; s'y prendra-
t-il toujours à tems pour avertir ses camarades,
et ne sait-on pas qu'il survient quelquefois des
orages avec une telle rapidité, qu'ils déconcer-
tent toutes les mesures.

C'est donc au moyen des regards que ces hommes trouveront leur conservation, mais pour
cela il faut apporter quelques modifications dans
leur construction, car dans l'état actuel ils ne
peuvent leur servir en aucune manière.

Il faut d'abord dans les travaux futurs les rap-
procher plus qu'ils ne sont ; l'espace de cent mètres environ, qui les sépare aujourd'hui, est trop
considérable, soit qu'on les considère comme
moyen d'assainissement, soit comme moyen de
fournir aux ouvriers la faculté de se sauver, puisqu'il leur faut cinq minutes trente-sept secondes (52) pour aller de l'un à l'autre dans les tems
d'orage ; c'est-à-dire, lorsqu'on a de l'eau jusqu'à
la ceinture, ce qui fait que s'il leur arrive d'é-
chapper un regard, ils n'ont pas le tems d'en
gagner un autre (53).

Outre leur rapprochement, il est indispensable de ménager dans leur intérieur des moyens de s'élever jusqu'au sommet , soit au moyen d'enfoncemens pratiqués dans la maçonnerie, soit mieux encore à l'aide de pierres saillantes ou de crampons de fer convenablement disposés ; cette idée ne m'appartient pas, elle m'est communiquée par M. Nergot.

Les grilles à jour, dont j'ai démontré l'utilité, auront encore ici un immense avantage ; par elles on pourra connaître dans l'égout même, l'état du ciel, et les hommes bien mieux avertis par l'eau qui tombera au travers, que par leur camarade resté au dehors , ne courront plus de danger.

Observations relatives à leur embouchure. Si la Seine coulait toujours à pleins bords , l'eau qui sort des égouts s'y trouvant à l'instant décomposée, elle n'aurait aucun inconvénient ; mais comme cette rivière est renfermée dans son lit pendant plus de huit mois de l'année, et que les quais qui la bordent en sont alors éloignés, les égouts sont obligés, avant de s'y rendre, de parcourir sur terre un certain espace, d'où résulte pour quelques-uns, une odeur des plus désagréables qui se répand dans tout le voisinage, et suffoque véritablement lorsqu'on passe à côté. Il n'est personne qui n'en ait éprouvé le désagrément, en passant en été à l'embouchure du grand égout, vis-à-vis la pompe de Chaillot ; elle est telle en cet endroit, qu'elle diminue beaucoup la valeur des propriétés qui se trouvent dans le voisinage.

Il est un moyen si simple de remédier à cet inconvénient, que je suis surpris qu'il n'ait pas encore été mis à exécution, particulièrement pour le grand égout que je viens de citer ; je le trouve dans le grand ouvrage de Tenon sur les hôpitaux, qui conseille de les submerger à leur sortie même de la voûte ; rien ne me semble plus sage et d'une exécution plus facile.

Observations relatives à l'amélioration future de la navigation de la Seine. La Seine ne restera certainement pas dans l'état où elle est, et sa navigation, aujourd'hui difficile et dangereuse, sera un jour améliorée. Quel moyen emploira-t-on pour cela ? Élevera-t-on son niveau à l'aide d'écluses et de barrages ? Je n'en sais absolument rien ; je sais seulement que son niveau doit subir par-là des modifications, ce qu'il est utile de savoir pour la disposition future des égouts à construire, et même pour quelques-uns de ceux qui existent aujourd'hui.

Observations relatives aux aqueducs qui y passent. Dans le grand et magnifique système de la distribution intérieure de l'eau dans Paris, on a tiré un parti extrêmement avantageux des

égouts, en y faisant passer les conduites principales qui partent du grand aqueduc de ceinture,
et se rendent de là dans les quartiers servis par
les égouts mêmes.

Dans les égouts nouvellement construits, ces
tuyaux sont posés sur des consoles en pierre,
prises dans la maçonnerie, et étroits d'un pied
ou dix-huit pouces, pour ne point gêner la cir-
culation de l'eau de l'égout.

Dans les anciens, comme il a été impossible
d'établir ces consoles, on y a suppléé à l'aide de
chevrettes en fonte, convenablement espacées,
sur lesquelles sont établis les tuyaux.

Ce système a d'immenses avantages, et quelques inconvéniens que je vais exposer.

Ses avantages sont de soustraire les tuyaux au
choc de fardeaux qui sont roulés dans les rues,
et de contribuer par-là à leur conservation ; ensuite de rendre extrêmement faciles les réparations
qui y sont nécessaires sans interrompre le service, et sans qu'il soit nécessaire pour cela d'ouvrir la terre, de gêner le passage, et de courir
le danger de laisser s'opérer de grands désordres,
dont on n'est souvent averti que long-tems après
que leur cause a commencé à agir.

Les inconvéniens de ces tuyaux, relativement
aux égouts, sont nuls pour ceux qui sont soute-
nus par des consoles ; ils sont au contraire con-

sidérables partout où l'on a établi des chevrettes ;
en effet, soutenues sur trois pieds, elles arrêtent
les pailles et les immondices, procurent souvent
des engorgemens, et rendent en tout tems le nettoyage difficile et quelquefois même impossible ;
les chefs, comme les ouvriers, s'accordent tous
sans exception à blâmer cette méthode et à en signaler les inconvéniens, qui sont des plus visibles, puisqu'il existe constamment au pied de
chaque chevrette une masse de boue, durcie et
condensée, d'une grosseur souvent fort considérable.

Il paraît que cet inconvénient des chevrettes a
été sentie par les constructeurs, puisqu'il leur
ont substitué dans quelques égouts un massif en
pierre, à côté duquel se trouve le courant, et
sur lequel sont posés les tuyaux ; cette méthode,
infiniment plus avantageuse, me paraît devoir
être mise partout en usage ; elle a tous les avantages des chevrettes sans en avoir les désagrémens, et ne diminue pas plus qu'elles la capacité
d'un égout.

Examen de cette question : Peut-on dans
l'état actuel des égouts, y faire passer les
tuyaux de gaz hydrogène, comme on y fait
passer ceux qui amènent de l'eau ? La solution
de cette question qui eût paru oiseuse il y a quelques années, est devenue d'une haute impor-

tance, depuis que le nouveau système d'éclairage s'est partout propagé avec une incroyable rapidité.

Puisque ceci s'est fait avec avantage pour les tuyaux qui conduisent de l'eau, doit-on dire d'abord, cet avantage doit se retrouver dans les tuyaux destinés à conduire le gaz, et puisque les premiers n'ont point eu d'inconvénient pour les égouts, les seconds n'en auront pas davantage.

Ce raisonnement serait juste si les deux fluides étaient de même nature et jouissaient des mêmes propriétés; mais combien est grande la différence qui les sépare.

Voyons d'abord comment se conduit l'eau qui s'échappe toujours par quelques points des tuyaux : obéissant à son propre poids et pressée par la colonne liquide, elle jaillit de toute part, et en retombant rafraîchit et purifie l'air renfermé sous la voûte; elle délaie, neutralise et entraîne ensuite les matières putrescibles, et produit ainsi les meilleurs résultats.

Voyons maintenant ce qui doit arriver avec le gaz : jouissant de toutes les propriétés des fluides et soumis continuellement à une pression, il sortira comme l'eau par les fentes et les défauts inévitables dans les jonctions des tuyaux; mais en opposition avec l'eau, loin d'améliorer l'air, il l'altérera davantage ; il ne pourra pas tomber à terre et s'échapper en obéissant à son propre poids ; au contraire, par sa légèreté spécifique, il gagnera le sommet de la voûte, et y séjournera indéfiniment, puisqu'il n'y a pas d'ouverture pour lui donner passage et que les regards qui existent sont tellement construits, qu'il ne peut en aucune manière s'échapper au travers.

On pourrait peut-être obvier à cet inconvénient grave, auquel il faut ajouter la difficulté de reconnaître le lieu où sont les fentes, en ouvrant largement les regards pendant quelque tems et en opérant quelques ventilations, quoique je ne conseille en aucune manière de s'y fier absolument ; mais comment empêcher les détonations qui arrivent chaque fois que le gaz hydrogène, se trouvant mélangé avec une certaine proportion d'air atmosphérique, est mis en contact avec un corps en ignition ? On le pourrait sans doute si tous les égouts étaient éclairés par des grilles à claire-voie, comme l'est, quoique d'une manière assez vicieuse, ainsi que je l'ai déjà dit, celui de Rivoli ; mais comme ils sont tous parfaitement obscurs, et qu'on ne peut y pénétrer qu'avec une lumière, il faut donc ou renoncer à leur nettoyage, ou exposer les ouvriers à périr tous les jours, en ajoutant aux dangers de leur profession, ceux que les mineurs ont à

appréhender dans quelques-unes de nos houil-
lères.

Ils ont, à la vérité, la lampe de Davy ; mais
pourront-ils travailler avec elle ? réussira-t-elle
constamment? et si les petites explosions qui ont
eu lieu dernièrement ont été sur le point de
ruiner les compagnies du gaz, ne devons-nous
pas prendre toutes les précautions nécessaires,
pour les éviter par la suite.

Lorsqu'on établit maintenant un embranchement ou une distribution particulière, le tuyau
principal que l'on perce pour cela est plein de
gaz, beaucoup s'en échappe alors, mais, comme
ce travail se fait en plein air, il est sans inconvénient, ce qui n'aurait pas lieu dans les égouts,
puisque l'obscurité complète qui y existe néces-
siterait l'usage des flambeaux; il est évident que
cet obstacle seul ruinerait un établissement.

Doit-on conclure de tout cela qu'il faut se
garder de faire passer dans les égouts des conduits de gaz? Non assurément, mais seulement
que la chose est impossible pour les égouts actuellement existans, qu'il faut pour cela les modifier
considérablement, ouvrir de nouveaux regards,
les multiplier beaucoup, *et surtout ne les fermer
que par une grille à jour.* Ne pourrait-on pas
alors soutenir à la voûte, à l'aide de colliers en
fer, les tuyaux destinés au transport du gaz? Ces

tuyaux, ainsi à l'abri du choc et des pressions extérieures, ne pourraient-ils pas être construits en tôle de fer, de cuivre ou de zinc, infiniment plus économiques que les tuyaux en fonte, à cause de leur peu d'épaisseur quoique de substance plus précieuse? L'imagination se plaît à voir ces vastes voûtes occupées à la fois à nous débarrasser de tout ce qu'il y a de plus immonde, et à nous apporter, jusque dans l'intérieur de nos maisons, et la lumière la plus brillante et l'eau la plus pure et la plus magnifique; je laisse aux ingénieurs le soin d'exécuter ces projets; mais je doute fort qu'il m'arrive jamais de les voir réalisés.

Observations relatives à l'égout Amelot. J'ai cité plusieurs fois l'égout Amelot, dans le cours de ce travail, comme un exemple frappant du danger qu'il y avait à négliger ces souterrains, et à ne les pas curer avec le plus grand soin; les accidens épouvantables qu'il a occasionés depuis quarante ans, chaque fois qu'on a voulu y descendre, ceux dont il a été cause cette année même à son embouchure; enfin, l'obligation où on a été de l'abandonner à lui-même, en sont une preuve évidente.

Nous ne devons donc pas être surpris qu'une somme de quarante mille francs ait, dit-on, été demandée à l'administration pour son nettoyage;

cette somme, vu le danger éminent auquel seront exposés les ouvriers, ne me paraît pas exorbitante, et j'estimerais fort heureuse la ville de Paris s'il était possible, avec elle, de mettre l'égout Amelot dans l'état où sont tous les autres. Cependant les localités me semblent merveilleusement combinées, pour rendre cette grande opération extrêmement facile, soit sous le rapport de l'économie, soit sous celui bien plus important de la conservation des hommes ; je vais encore exposer quelles sont sur cela mes idées.

L'égout Amelot n'est séparé de celui de la rue Saint-Louis, que par la longueur de la rue du Pont-aux-Choux ou de la rue Saint-Claude ; une conduite principale du canal de l'Ourq, passe dans le second de ces égouts ; profitant de la proximité, je ferais communiquer cette conduite avec la tête de l'égout Amelot, au moyen d'un embranchement établi temporairement dans l'une ou l'autre des rues que je viens de nommer·

J'établirais ensuite à l'orifice extérieur de l'égout, dans les anciens fossés de la Bastille, un barrage à poutrelles mobile (54), et, pour plus grande sûreté, je ferais crever la voûte de l'égout sur deux ou trois points de sa longueur.

Cela fait, je remplirais d'eau, à l'aide de ma conduite, toute la capacité de l'égout jusqu'au sommet de la voûte, ce qui aurait pour effet, non-seulement de laver et de rafraîchir la masse des immondices, source intarissable de l'infection, mais encore de faire sortir entièrement de la capacité de la voûte tout l'air vicié qu'elle contient, et qui s'échapperait par les entrées et par les ouvertures. Fermant alors ma conduite supérieure je lâcherais mon barrage, et à peine l'eau écoulée, j'introduirais dans l'égout, par sa partie la plus inférieure, tous les ouvriers nécessaires pour attaquer et diviser la masse, qu'un courant suffisant entraînerait et tiendrait toujours submergée.

Je ne sais si je me trompe, mais il me semble qu'il n'est ni ventilateur, ni fourneau d'appel, qui, pour l'efficacité, puisse être mis en parallèle avec ce moyen; il ne sera pas très-dispendieux; on pourra, sans inconvénient, renouveler la submersion tous les jours ou même plus souvent, si on le juge nécessaire, et par-là, les ouvriers seront tellement à l'abri de tout danger, que je n'hésiterais pas un seul instant à rester au milieu d'eux, tout aussi long-tems que dureront leurs travaux, j'offre même de les surveiller si mon projet est accueilli.

Observations relatives aux autres égouts qui pourraient s'infecter. Le moyen que je viens de conseiller, pour remédier aux inconvéniens de l'égout Amelot, est, sans contredit, le plus efficace et le seul qu'il faudra mettre en usage,

chaque fois que les localités et les circonstances
le permettront ; mais dans combien de cas ne
pourra-t-on pas y recourir, et quel moyen employer alors ? Je n'en sais absolument rien : la
grande étendue de la voûte, l'impossibilité de
savoir au juste dans quel point est l'infection,
font qu'on ne peut avoir recours aux fumigations
et aux fourneaux d'appel comme dans les fosses
d'aisance, qui, fermées de toutes parts, fournissent tous les moyens nécessaires pour opérer sur
les gaz qui s'y trouvent renfermés et qu'on peut
de cette manière neutraliser ; ils n'offrent pas
plus de prise à la dilatation de l'air opérée au
moyen du feu, seul moyen de chasser les gaz
non-décomposables comme l'azote et l'acide carbonique ; on ne ferait probablement alors que
les changer de place, par la facilité que la longueur des égouts leur procurerait, de passer d'un
endroit à un autre.

Essayerons-nous de proposer le masque d'é-
ponge imbibé de liqueurs capables de neutraliser les gaz délétères. Il serait tout au plus convenable pour aller secourir un malheureux tombé
asphyxié dans le fond d'un égout ; mais il ne
fournira pas de l'air respirable dans ceux qui
sont infectés par des gaz simples, non-suscep-
tibles de décomposition, comme le serait par
exemple le gaz azote ; or, comme il paraît prouvé

par tout ce que j'ai dit précédemment, que c'est
ce gaz qui, dans le plus grand nombre des cas,
produit l'asphyxie des égouts, non-seulement ce
masque ne peut-être utile, mais je le regarde
même comme nuisible par la fausse sécurité qu'il
peut inspirer, et par la gêne extrême qu'il apporte dans la respiration (55).

En supposant que le gaz délétère soit de nature
à pouvoir être décomposé en passant à travers les
mailles de l'éponge imbibée d'un liquide convenable, je mets en fait que les ouvriers ne pourront pas travailler avec lui pendant cinq minutes,
tant ils sont obligés de développer de force et de
vigueur; je me suis plusieurs fois servi de ce
masque, et je sais à quoi m'en tenir sur sa
véritable utilité; la théorie en est fort sédui-
sante, mais pour être véritablement utile, il
faudrait rester dans l'inaction la plus complète;
or, quelle est la profession qui puisse être exercée de cette manière? Ce n'est assurément ni celle
d'égoutier, ni celle de gadouard (55).

Puisque ni le vide opéré par la dilatation de
l'air et les fourneaux d'appel, ni la ventilation,
ni les fumigations neutralisantes, ni enfin les
moyens mécaniques ne peuvent détruire l'infection fixée dans un égout, et qu'il n'est pas toujours possible d'avoir à sa disposition une masse
d'eau suffisante pour l'inonder, ou même sim-

plement pour le laver et le rafraîchir ; quel moyen employer en pareille circonstance ? Je n'en vois absolument aucun ; preuve évidente du soin extrême qu'il faut apporter à l'entretien journalier de ces lieux, puisqu'une fois infectés, il est si difficile de les assainir, qu'on est souvent obligé de les abandonner. Je ne me lasserai pas de citer l'égout Amelot, comme la preuve la plus convaincante de tout ce que j'avance, et j'ajouterai, à tout ce que j'en ai dit, qu'il a été proposé de le combler et d'en creuser un autre qui lui aurait été parallèle, tant les difficultés qu'a présentées son curage ont paru graves et insurmontables.

Considérations sur leur lavage. Grâce à l'administration actuelle, et à celle qui l'a précédée, nous allons avoir au moyen du bassin de l'Ourcq une masse considérable d'eau toujours courante, dont les résultats sont incalculables pour le bien futur des égouts.

Ce lavage va devenir d'autant plus nécessaire, que les égouts étant plus nombreux et plus longs, l'eau et les immondices y séjourneront plus long-tems, et pourront par conséquent y contracter plus facilement une altération quelconque.

Il est à souhaiter que dans la distribution future des bornes-fontaines, et dans les pentes qu'elles nécessiteront dans les ruisseaux, on ait soin de les disposer de telle sorte, que non-seu-

lement chaque égout, mais même chaque embranchement, reçoive à la partie supérieure un
courant, je ne dis pas perpétuel, mais au moins
journalier ; ce que j'ai dit en plusieurs endroits
de ce travail sur le petit égout de la place du
Châtelet, qui s'infecta en peu de tems, parce que
la pompe Notre-Dame cessa de lui envoyer de
l'eau, et la crainte où l'on fut même pendant
quelque tems d'être obligé de l'abandonner,
prouve, mieux que tous les raisonnemens,
combien cette précaution est nécessaire ; je pourrais encore citer, pour exemple, l'égout destiné
au service du château des Tuileries, qui, par
des raisons de police, n'est ouvert qu'une seule
fois par an, en l'absence du Roi, et qui fait alors
courir de vrais dangers aux ouvriers ; ce ne sont
pas seulement les débris putréfiés des cuisines
qui l'infectent, mais encore les nombreux ba-
quets d'urine qu'on y jette tous les matins ; je
crois en avoir déjà parlé (57).

Est-il nécessaire que le courant soit continuel
pour empêcher un égout de s'infecter? Je ne
le crois pas, si ce courant est suffisant et si l'é-
gout est entretenu avec soin ; un lavage d'une
heure pourra rafraîchir l'air, dissoudre les parties
solubles, et enlever à la masse sur laquelle elle
coulera une partie du calorique que la fermentation y aura développée, ce qui retardera né-

cessairement cette fermentation ; le petit égout de l'île Saint-Louis est la preuve la plus forte de ce que j'avance ; avant l'établissement des bornes-fontaines dans cette île, il infectait tout son voisinage ; depuis qu'il est lavé, les voisins m'ont dit qu'ils ne s'apercevaient pas de sa présence, et cependant les fontaines ne coulent pas tous les jours, et ne coulent que pendant une ou deux heures lorsqu'on vient à les lâcher.

Je crois cependant qu'une destination particulière, jointe à un sol très-peu incliné, pourrait peut-être exiger des ablutions plus fréquentes ; l'égout de l'abattoir de Grenelle me paraît dans ce cas ; je laisse à penser s'il ne serait pas utile de le disposer de manière qu'on pût submerger tout son fond, pour être sûr que toutes les parties sont en contact avec l'eau ; mais pour cela il faudrait une masse d'eau plus considérable que ne peut en fournir une simple machine.

L'établissement des fontaines projetées et le passage habituel d'une masse d'eau considérable dans les égouts, dispenseront-ils d'avoir recours, par la suite, aux travaux des hommes pour les nettoyer ? Non, assurément, à cause de la disposition presque plate du sol de la ville, et la lenteur avec laquelle l'eau y coulera ; deux circonstances qui feront qu'elle ne pourra rien entraîner avec elle, mais ce travail deviendra bien plus

facile et bien moins fatigant pour les ouvriers (58).

Pourrait-on, à l'aide de chasses et de torrens
artificiels, arriver au même résultat? Ce que j'ai
dit dans la partie historique des égouts, en parlant des moyens employés par Turgot pour assainir l'égout de ceinture, semblerait le prouver,
mais le contraire est démontré par l'effet journalier des orages, qui n'enlèvent que les parties
les plus légères et les plus liquides, en passant
par-dessus les masses solides auxquelles le torrent donne même plus de consistance, probablement par la compression que le liquide exerce
alors par sa pesanteur; ce n'est pas pour cela
que je croie ces chasses inutiles, mais comment
les établir? ceci me paraît difficile; la dépense
qu'exigerait la confection des réservoirs, ne serait pas compensée par les avantages qu'on en
retirerait : je répète ce que j'ai déjà dit plus d'une
fois, le sol plat de Paris rend inutiles des moyens
d'une efficacité prodigieuse dans des localités
autrement disposées (59).

Je n'étendrai pas davantage ces considérations
sur les égouts voûtés de Paris ; leur utilité, je
dirai même leur nécessité, a été assez démontrée par tout ce que j'en ai dit ; quand on réfléchit à la dépense immense qu'exigent ces constructions, on n'est pas surpris du tems qu'il a

fallu pour les établir, et l'on cesse d'être étonné
de ce que l'administration n'a pas encore exécuté
tout ce qui nous paraît nécessaire et indispensable ; plusieurs millions seront certainement
employés pour mettre à exécution les égouts nouveaux que j'ai proposés ; que serait cette dépense s'il fallait en établir sous toutes les rues de
la ville ?

Un tems viendra certainement, où il faudra
la faire cette dépense, je ne dis pas dans toutes
les rues, mais dans toutes celles qui sont remarquables, soit par leurs richesses, soit par leur
fréquentation, soit par la splendeur des maisons
qui y sont ; en modifiant un peu la construction
des égouts, on ne verra pas dans nos rues ces
ruisseaux qui les rendent humides dans les tems
les plus secs ; la chaussée ne sera pas, à chaque
instant, coupée et interrompue dans son niveau
par les ruisseaux qui, des maisons, vont gagner
le milieu de la rue, et font que nos courses en
voitures ne sont qu'une suite non-interrompue
de sauts et de bonds continuels.

Je demanderai aux constructeurs des nouveaux
égouts, à quoi sert un ruisseau sur la crête même
de la voûte de l'égout qui se trouve au-dessous,
comme on le voit dans la rue de Richelieu et la
rue Neuve-des-Petits-Champs ; n'eût-il pas été plus
simple, non pas de faire de petits embranche-

mens latéraux vis-à-vis chaque maison, ce qui
eût été trop dispendieux, mais de mettre chaque
maison en communication avec l'égout par un
tuyau en fonte, lequel aurait reçu et conduit
dans cet égout, par-dessous terre, toutes les eaux
pluviales et ménagères. La bonté et la possibilité
de ce moyen me sont démontrées par plusieurs
exemples que fournissent quelques maisons de
la rue Saint-Denis, qui, par suite des travaux
faits en 1809, se sont trouvées au-dessous du sol
de la rue ; je suis loin de prétendre que mes vues
sont parfaites et doivent être reçues sans examen ; mais je ne puis me refuser à l'évidence
des avantages que présenteraient deux tuyaux,
l'un qui amènerait à l'égout les eaux sales de la
maison, et l'autre qui conduirait à la maison
l'eau propre de l'aqueduc contenu dans l'égout ;
qui sait même si on ne pourrait pas en placer
par la suite un troisième, destiné au gaz hydrogène (60).

Si chaque maison reçoit par la suite de l'eau et
du gaz, nos rues deviendront impraticables,
parce que leur pavé sera à chaque instant bouleversé par les travaux qu'exigent continuellement ou la réparation, ou la nouvelle distribution des tuyaux ; il faut donc, dès aujourd'hui,
les disposer de telle manière, que ces réparations puissent se faire sans gêner ou interrompre

la voie publique , et, pour ainsi dire , sans que les passans s'en aperçoivent (61).

Quelqu'exorbitante que paraisse la somme nécessaire pour pratiquer, sous toutes les rues de Paris , des voûtes suffisantes pour former à la fois aqueduc et égout ; et, quelqu'éloignée que soit l'époque à laquelle ce projet pourra être exécuté , je crois cependant la chose praticable , il suffirait pour cela que la ville s'entendît avec les particuliers, avec les compagnies du gaz et avec une autre compagnie à laquelle on céde- rait pour un certain tems la distribution de l'eau dans Paris (62).

Je désire ardemment que ce que je viens de dire soit examiné par les hommes capables et impartiaux, et que, s'il existe quelque chose de bon dans tout ce que j'ai avancé, on fasse quel- ques essais pour en connaître le degré de perfec- tion, comme le préfet de la Seine l'a fait dernière- ment pour les trottoirs dans la rue des Coquilles. Quel lieu plus favorable pour ces essais que le nouveau quartier qui s'élève aux Champs-Elysées, où doivent se trouver réunis tout le luxe et toutes les commodités des constructions modernes.

———

~~~~~~~~~~~~~~~~~~~~~~~~~~~~~~~~~~~~

SECTION I I.

Système des Égouts découverts.

LES améliorations que demande ce système
d'égout, regardent principalement le faubourg
Saint-Marceau, où se trouve la petite rivière de
Bièvre, si remarquable par son utilité pour le
quartier de Paris qu'elle traverse ; je vais m'en
occuper d'une manière particulière, après, toutefois, avoir dit deux mots de ceux du faubourg
Saint-Antoine qui sont l'égout Traversière et
l'égout de Rambouillet.

L'égout Traversière n'a maintenant d'autre
inconvénient que celui de sa largeur, qui fait
qu'il est en tout tems difficile de le franchir pour
quelques piétons, et qu'il devient impraticable
lorsqu'il tombe un peu d'eau, ce dont on ne
sera pas étonné, lorsqu'on se rappelera l'immense étendue de son bassin ; le tort qu'il fait
alors aux rues de Charenton et du faubourg
Saint-Antoine est considérable ; il faudra donc
tôt ou tard lui construire une voûte, dont les
dimensions devront être calculées, moins sur les
besoins actuels que sur ce que peut devenir un
jour ce quartier. L'importance que prend ce

faubourg par les manufactures nouvelles qui s'y établissent tous les ans, et la valeur que le nouveau canal va donner au terrain traversé par l'égout même, particulièrement si le port projeté dans la rue Contrescarpe est exécuté, nécessiteront certainement ces travaux.

L'égout de Rambouillet, relégué à l'extrémité du faubourg, a reçu, cette année même, toutes les améliorations dont il est susceptible, puisqu'il passe maintenant dans une rue bien pavée, et non pas dans la tranchée en pleine terre, où l'eau croupissait et infectait toutes les habitations voisines; cette amélioration était d'autant plus nécessaire, qu'il reçoit l'eau de toutes les manufactures de papiers peints qui sont supérieurement, or, on sait quelle est l'odeur que répandent les eaux de ces manufactures.

La rivière des Gobelins, seule partie de ce système véritablement digne d'attention, comme je viens de le dire, a fait, il y a deux ans, l'objet d'un travail qui m'est commun avec mon ami le docteur Pavet de Courteil, et que nous avons publié conjointement; je me contenterai ici de l'abréger, renvoyant au travail lui-même ceux qui voudraient puiser sur cette rivière des connaissances plus positives.

La Bièvre ne reçoit pas seulement les eaux des faubourgs Saint-Marceau et Saint-Jacques pour les conduire ensuite à la Seine ; elle est encore le réceptacle de toutes les immondices et matières animales, qui sortent des nombreuses tanneries et mégisseries qui sont sur ses bords ou dans le voisinage, et de plus les eaux qui ont servi à une prodigieuse quantité de blanchisseuses qui se trouvent également sur ses rives, non-seulement dans Paris, mais encore sur une grande étendue de son cours supérieur.

Elle n'aurait aucun inconvénient pour le quartier qu'elle traverse, si son cours était régulier et non-interrompu ; mais comme on a voulu profiter de sa chute pour y établir des moulins, il a fallu la barrer en plusieurs points pour la maintenir à une certaine hauteur, ce qui fait que les immondices sont arrêtées par ces barrages, et s'y accumulent avec d'autant plus de facilité que l'eau n'étant pas suffisante pour permettre aux moulins de tourner continuellement, on est obligé de baisser leurs vannes pour lui donner le tems de s'accumuler dans les biefs supérieurs, ce qui la rend complètement immobile pendant deux et trois heures.

Il résulte de cette disposition, que la vase est continuellement mise à sec et submergée, ce qui lui donne le moyen de prendre de la consistance et de ne pouvoir être facilement enlevée lorsque le courant vient à s'établir.

Ce n'est pas de cette accumulation de vase au-dessus des biefs de chaque moulin, que provient le plus grand inconvénient de la rivière de Bièvre ; il naît particulièrement de l'inégalité de son fond qui a été amenée par les fouilles faites par chaque manufacturier au-devant de son établissement, afin de se procurer par ce moyen une masse d'eau suffisante pour le service de la manufacture, au moment où l'eau, absorbée par le moulin, laisse à sec le lit de la rivière, d'où il arrive que la vase s'y accumule et y séjourne indéfiniment, sans que ni le courant ni aucun moyen puisse l'enlever, ce qui rend en tout temps le curage complet absolument impossible.

On conçoit aisément avec quelle facilité doit se corrompre et se putréfier, soit la partie de la boue qui se trouve exposée à l'air lorsque la rivière est à sec, soit celle qui se trouve accumulée dans les trous et les excavations, particulièrement en été ; aussi tout ce quartier répand-il l'infection dans cette saison, au point qu'il est impossible d'y conserver long-tems les matières animales, puisque le bouillon s'y gâte en huit ou dix heures, et que les vapeurs d'hydrogène sulfurée y ternissent en un instant l'argenterie et la batterie de cuisine.

On regarde communément, dans Paris, ce

quartier et surtout les rives de la Bièvre, comme
éminemment nuisibles et contraires à la santé ;
mais, en confirmation de ce que m'ont présenté
les égouts ordinaires et non-infectés, je puis assurer que, malgré les apparences, elle n'est pas
plus nuisible que ces égouts, ce dont j'ai pu
m'assurer , non-seulement par le rapport des
maîtres et des chefs d'atelier, mais encore par
ceux des ouvriers eux-mêmes que j'ai interrogés
et vus dans leurs maisons, conjointement avec
l'ami qui m'aidait dans mes recherches ; ce qui
tient évidemment à ce que cette rivière est partout en plein air, que les gaz infectés qui s'en
dégagent sont emportés, à l'instant de leur formation, ce qui n'aurait certainement pas lieu si
elle était couverte d'une voûte dans toute son
étendue, et laissée dans l'état d'abandon où
elle est maintenant.

Quoique cette rivière soit sans influence fâcheuse sur la santé des riverains, il ne faut pas
en conclure qu'elle doive être abandonnée à elle-
même ; au contraire, les avantages qu'elle procure aux manufactures de tout ce quartier de
Paris, la rendent digne du plus grand intérêt.
Voici donc ce que nous proposions, dans l'ouvrage cité, pour son amélioration.

1° De détruire tous les moulins qui sont sur
son cours, et de rendre la pente uniforme, de-

puis son entrée dans Paris jusqu'à son embouchure dans la Seine.

2° De niveler son fond, de le paver avec soin, et d'en revêtir les deux côtés de murs en maçonnerie de trois ou quatre pieds d'élévation.

3° De le laver exactement et le plus souvent possible, au moyen d'un réservoir qui serait établi au-dessus de Paris, et dans lequel seraient accumulées les eaux superflues de la Bièvre, celles, par exemple, qui coulent la nuit, et qu'on lâcherait à volonté en très-grande abondance.

4° Enfin, d'augmenter le volume des eaux de la Bièvre, particulièrement en été, soit en soignant son cours supérieur, soit en rétablissant les étangs qui existaient autrefois et dont on formerait des réservoirs, soit encore en tirant parti du superflu de ceux qui sont dans le voisinage et qui sont destinés au service de Versailles, etc.

Je le répète, je ne puis que renvoyer, pour tout ce qui regarde cette intéressante rivière, à l'ouvrage cité; les améliorations que nous y avons proposées doivent avoir pour tout le quartier des résultats immenses; tout me fait espérer qu'il seront mis à exécution, car je sais que des nivellemens ont été pris cette année, et divers projets demandés par l'administration et fournis par les ingénieurs.

~~~~~~~~~~~~~~~~~~~~~~~~~~~~~~~~~~~

SECTION III.

Système des Egouts qui se perdent dans la terre par infiltration.

Je n'aurai que peu de choses à dire sur cette dernière partie des égouts de Paris, à cause de leur petit nombre et de leur peu d'étendue.

Le premier, *celui de la pépinière du Luxembourg*, est le plus curieux et le plus important ; il n'a d'inconvéniens présens que pour le jardin et pour le jardinier, surtout dans les tems de pluie et d'orage. Ces inconvéniens sont-ils assez graves pour mériter aujourd'hui des travaux et des modifications de construction ? Je ne le crois pas ; si par la suite ce quartier venait à s'augmenter, il me semble qu'il ne serait pas difficile de retrouver l'ancien aqueduc actuellement comblé et perdu, et de se débarrasser ainsi de ces eaux croupissantes.

L'égout de Picpus se perdant dans les champs et loin des habitations, n'exige quelques attentions et quelques améliorations que dans l'avenue de Saint-Mandé, ou se trouvent des habitations.

L'égout des Bernardins n'a d'autre inconvénient que de n'être pas suffisant dans les orages.

L'égout Saint-Sébastien est celui qui exige le plus promptement et le plus impérieusement des réparations. Comme je l'ai dit à la page 74, il remplit complètement toutes les caves des maisons voisines, sans qu'il soit possible d'y remédier et de les épuiser; il faut nécessairement l'amener à la tête de l'égout Amelot, dans le voisinage duquel il se trouve; que deviendront sans cela les maisons qui sont dans le cul-de-sac, et dans lesquelles se trouvent amoncelés une troupe de nourrisseurs et d'artisans de toute espèce? Qui peut répondre si ces caves ne procureront pas un jour l'asphyxie de ceux qui y descendront? Je renvoie, pour les réflexions qu'on peut faire là-dessus, au chapitre dans lequel j'ai examiné les causes et la nature de l'asphyxie des égoutiers.

L'égout Basse-Porte-Saint-Denis est à peu près dans le même cas que l'égout Saint-Sébastien; l'infection qu'il répand dans toutes les maisons du cul-de-sac où il tombe est horrible; comment n'a-t-on pas encore remédié à cet inconvient, quand on sait qu'il ne s'agirait pour cela que de changer la direction d'un ruisseau?

Quant à *l'égout de la Chapelle*, je n'en parlerai que pour rappeler aux habitans de Paris son effroyable odeur, et leur faire remarquer ce que serait leur ville sans le bienfait des égouts

voûtés qu'ils n'apprécieront jamais assez, et
dont ils ne comprendront jamais tous les avantages.

·································

SECTION IV.

Observations relatives aux ouvriers égoutiers.

J'EXAMINE maintenant ce qu'il serait à propos
de faire pour améliorer le sort des ouvriers qui
travaillent aux égouts ; les services importans
qu'ils nous rendent méritent bien de notre part
quelque reconnaissance.

Nous pouvons par nos soins, nos précautions,
et surtout par un bon système de construction,
les préserver des submersions ; nous pouvons encore, à l'aide des mêmes moyens, diminuer les
dangers qu'ils courent d'être asphyxiés ; mais
ceci ne suffit pas, et comme il est prouvé, non-
seulement par l'observation des égouts mêmes et
des fosses d'aisance, mais encore par celle des
asphyxies dont on connaît les histoires, que la
disposition particulière de l'individu et son état
de santé contribuent singulièrement à le rendre
plus ou moins susceptible d'être influencé par les
émanations délétères, nous devons surveiller

cette santé des ouvriers avec autant de soin que la construction des égouts mêmes.

L'histoire du jeune Bunel, que j'ai rapportée en parlant de l'asphyxie des égoutiers, et sur lequel on m'a heureusement fourni des détails exacts, nous montre jusqu'à quel point cet état de la santé peut influer sur la disposition à contracter des maladies, dues à des miasmes susceptibles d'être absorbés.

On se rappelle que ce jeune homme, affaibli par le libertinage auquel il s'était adonné depuis fort long-tems, était malade depuis quelques jours, qu'il avait pris une médecine la veille même de l'accident qui le fit périr, et qu'il ne pénétra dans l'égout que contre la volonté de ses camarades, qui, voyant l'état dans lequel il était, s'opposaient à ce qu'il travaillât, *aussi fut-il le seul qui périt au milieu de ses amis qui l'entouraient, et qui n'éprouvèrent rien.*

Cet état d'élection de l'asphyxie, si je puis m'exprimer ainsi, et l'explication de cette singularité, se retrouveraient, j'en suis sûr, dans toutes les histoires que j'ai rapportées, si nous avions sur elles des détails aussi exacts que ceux que nous possédons sur les asphyxies arrivées dans d'autres lieux et dans d'autres circonstances ; j'en tire la preuve de ce que m'a dit Charpiau ; mais j'y trouve trop de vague, et trop peu de positif, pour le citer à l'appui de ce que je dis, et comme autorité.

Ce que les expériences physiologiques nous apprennent de l'absorption, soit cutanée, soit pulmonaire, prouve tout ce que la simple observation des faits avait démontré depuis long-tems ; tout le monde connaît celles de M. Chaussier qui a empoisonné un grand nombre d'animaux vivans, par la simple absorption cutanée de gaz délétères, et en particulier par *l'hydrogène sulfuré ;* je n'ai pas besoin de m'étendre davantage sur ce sujet ; toutes les histoires des épidémies se présentent en foule pour prouver la vérité de tout ce que je viens d'avancer ; on sait que les convalescens des autres maladies sont ordinairement affectés les premiers dans ces circonstances : et qui ignore que la débilité profonde que procure une purgation met ceux qui l'ont éprouvée dans l'état où se trouve un convalescent ?

Comme donc il paraît bien constant que l'asphyxie des égouts est d'autant plus à craindre qu'on est plus faible, soit naturellement, soit par l'action de la maladie ou de causes débilitantes, qu'elle aggrave à tel point les maladies vénériennes ; qu'elles amènent la mort en peu de tems, que les dangers continuels dont on est environné dans ces lieux, exigent une grande présence d'esprit, et par conséquent l'éloigne-

ment de l'ivrognerie, si commune à la classe ouvrière, etc., etc.; voici ce que je proposerais
pour le plus grand avantage de ces gens auxquels
nous avons tant d'obligation.

Je les établirais en société, à l'instar de celles
qui se sont formées depuis quelques années, sous
la protection de la Société Philantropique.

J'en augmenterais le nombre que je porterais
à 52 pour tout Paris, divisés en deux sections :
36 pour la partie septentrionale, en comptant un
ouvrier chef, deux ouvriers sous-chefs et un ouvrier suppléant, et 16 pour la partie méridionale, en comptant un ouvrier chef, un ouvrier
sous-chef et un ouvrier suppléant.

Lorsque l'on considère l'immense surface que
présentent 35,846 mètres, longueur actuelle de
nos égouts, et le travail qu'ils nécessitent, on
concevra aisément que ce nombre de 52 n'est
pa trop considérable, et qu'avec celui de 24,
tel qu'il est aujourd'hui, il faut ou surcharger
les ouvriers de travail, ou laisser le curage
imparfait, ce qui arrive effectivement pour
un grand nombre d'entr'eux, comme j'ai pu le
voir, et comme me l'a dit l'inspecteur actuel de
la salubrité, M. Parton, qui, faute d'ouvriers, ne
peut leur faire faire que les travaux les plus pres-
sés et les plus importans. Des observations et des
recherches nouvelles seront à faire, pour con—

naître le nombre d'ouvriers nécessaires pour l'entretien d'une longueur donnée d'égouts, afin de proportionner ce nombre à l'accroissement toujours progressif de leur étendue ; les localités et mille circonstances particulières feront qu'il sera difficile d'avoir là-dessus quelque chose de bien positif, mais on parviendra toujours à approcher plus ou moins de l'exactitude.

Il me semble encore nécessaire d'augmenter le salaire de ces ouvriers ; car, par la nature de leurs travaux et la fatigue qu'ils éprouvent, ils ne peuvent maintenir leur santé sans une nourriture saine et abondante ; or, leur est-il possible de le faire dans notre ville, à l'époque actuelle, avec *deux francs* par jour ? J'ai acquis plusieurs fois la preuve du contraire, soit par leurs propres plaintes, soit par celles bien plus énergiques de leurs femmes et de leurs enfans.

Comme la moralité est plus nécessaire dans cet état que dans tout autre, une fois que la société serait formée, je n'y admettrais que des hommes mariés ; et, par la certitude d'un gain assuré et toujours suffisant, j'en éloignerais les mauvais sujets, et rendrais la profession une des plus recherchées, ce qui fait que les suppléans ne me manqueraient jamais, et que le travail serait toujours fait.

Il sera peut-être plus difficile de trouver de

bons chefs et de bons sous-chefs que des ouvriers ; mais avec un salaire suffisant, je ne doute pas qu'il ne s'en présente ; ils devront non-seulemént surveiller les travaux, mais encore faire la plus grande attention à la santé de tous leurs subordonnés, et interdire l'entrée des égouts à celui qui, par quelque cause que ce soit, ne se porterait pas bien.

Quand on connaît, comme moi, le bien immense que peuvent faire, soit pour le moral, soit pour le physique, ces sociétés d'ouvriers, on ne peut que désirer leur multiplicité ; est-il un meilleur moyen d'éviter le vice et de pratiquer la vertu, que ,de savoir que cinquante ou cent personnes qui ont le droit de vous faire des observations, et de vous chasser ignominieusement de leur société, vous observent et vous surveillent ? En est-il un plus efficace pour rendre la vie heureuse, que d'avoir la certitude de ne manquer de rien en maladie, et souvent même à la fin de ses jours.

J'indique rapidement ce qu'il serait à propos de faire pour le plus grand bien de la chose publique et des ouvriers ; si ce projet d'organisation est par la suite accueilli, je ne puis que renvoyer, pour son exécution, aux membres de la Société Philantropique, qui ont acquis sur ces sociétés une grande expérience, et qui, je n'en doute pas, se feront un vrai plaisir d'aider de leurs conseils cette nouvelle réunion, et de la prendre sous leur protection.

Je termine ici ce que j'avais à dire sur les égouts de Paris ; je regrette beaucoup que ce travail soit aussi volumineux, mais, malgré tous mes efforts et les nombreux retranchemens que j'ai faits à mon manuscrit pendant son impression, il m'a été impossible d'exposer en moins de mots tout ce qui m'a paru nécessaire, je dirais même indispensable, sur ce sujet important ; j'ai tâché d'être à la fois clair et concis, et je crois y être parvenu ; je l'ai déjà dit et le répète encore, je ne cherche pas des lecteurs, mais le plus grand bien de la chose publique.

NOTES.

NOTE 1, PAGE 3.

Qui ne serait tenté, en voyant ce que les Tarquins ont fait pour Rome, de les considérer comme le modèle des rois et des bons princes toujours occupés du bien public ; nous pouvons cependant douter du bonheur qu'ils procurèrent à leurs contemporains par un passage fort remarquable de Pline, qui prouve que ce travail fut fort long et fort dangereux : *Longior an periculosior*, et que le peuple était contraint d'y travailler malgré lui, ce qui excita un mécontentement général et engagea un grand nombre à se donner volontairement la mort, ce que Tarquin empêcha en faisant crucifier et exposer en public les corps de ceux qui s'étaient ainsi suicidés.

NOTE 2, PAG. 7.

Ce passage d'une ordonnance des Édiles rapportée par Frontin, est des plus remarquables ; il nous donne une idée précise et exacte de l'état de Rome ancienne relativement à la salubrité et à l'état de l'air, et comme cette ordonnance est l'expression de l'opinion des magistrats chargés particulièrement de la netteté et de la salubrité de la ville, elle est sous ce rapport plus précieuse et plus probante que tout ce que les historiens ont rapporté à ce sujet.

NOTE 3, PAG. 12.

Monsieur le préfet de la Seine est peut-être le seul Français qui possède sur cet objet important des documens certains. Ce savant et habile administrateur, avant d'exécuter les grands projets qu'il a conçus pour le bien de la ville de Paris, s'est transporté dernièrement dans la capitale de la Grande-Bretagne pour y voir et y étudier par lui-même les merveilles qu'offre ce pays, et je sais que les égouts de Londres ont fixé son attention d'une manière toute particulière. Rien assurément de tout ce qui regarde l'ordre, la construction et la dépense ne lui aura échappé, mais a-t-il pris, sur les ouvriers eux-mêmes, sur la fréquence de l'asphyxie, sur sa nature et autres choses semblables, les mêmes renseignemens ?

NOTE 4, PAG. 18.

On trouve la description d'un grand nombre d'inondations remarquables dans les anciens historiens de la ville de Paris, qui tous ont bien soin d'indiquer cette particularité relative au sol. Celle de 1281 circonscrivit entièrement l'enceinte de Philippe-Auguste, du côté du Nord, en sorte qu'on ne pouvait arriver à la ville de ce côté qu'en bateau. Grégoire de Tours, en décrivant celle qui arriva la huitième année du règne de Childebert II, en 583, se sert de ces expresions : *ut inter civitatem et basilicam sancti Laurentii, naufragia sæpe contingerint* (Hist., lib. VI, cap. 25). Ce qui confirme tous ces passages nous est fourni par le mémoire de Bonamy qui dit, en parlant de ces inondations, que, malgré l'exhaussement arrivé depuis au sol des rues Saint-Martin et Saint-Denis, on vit dans l'inondation de 1658, l'eau s'étendre dans tous les marais du Temple , et refluer par les portes Saint-Martin et Saint-Denis, dans la ville jusqu'en deçà de la rue aux Ours. (Mémoire de l'A-cadémie des Inscriptions et Belles-Lettres, T. 17 , p. 588.)

NOTE 5, PAG. 20.

Il est fait mention de ce ruisseau, pour la première fois , dans une charte donnée par Dagobert Ier, en 629 , pour l'établissement d'une foire dans un lieu nommé le Pas ou le Petit-Pont de Saint-Martin , *Pasellus Sancti-Martini*.

Ce ruisseau , dit M. Dulaure, histoire physique, civile, et morale de Paris, T. 6, p. 164, est certainement le même qui, dans un diplome de Childebert Ier, est nommé *Savara*. Ce roi, entre plusieurs dons qu'il fait à l'église St-Vincent, lui cède toutes les pêcheries qui sont sur la Seine, depuis le pont de la Cité, jusqu'au point où le ruis-seau, appelé *Savara*, se jete dans cette rivière. *Cum pisca-toriis omnibus in ipso alveo Sequanæ, sumentque initium a ponte civitatis et sortiuntur finem , ubi alveolus veniens SAVARA præcipitat se in flumine* (Diplomata chartæ , de Brequigny, T. I , p. 54). Ici, M. Dulaure est évidemment dans l'erreur ; d'abord, dans les auteurs (Corrozet, antiq. de Paris, ch. 5 , p. 19), ou trouve *in flumen* , véritable ex-pression grammaticale ; et non pas *in flumine*. Ensuite, l'ex-pression *veniens*, suivie du nom de lieu à l'ablatif, indique évidemment que le ruisseau, qui n'est pas nommé, mais simplement désigné, venait d'un endroit appelé *Savara*; or, on sait que Savara était anciennement le nom latin du village de Sèvres, comme le prouvent plusieurs passages des auteurs qui ont écrit sur Paris, lequel village était moins étendu qu'il l'est aujourd'hui, et situé alors au haut de la mon-

14

tagne , vers l'endroit où se trouve la paroisse , à côté de laquelle passe encore un petit ruisseau. L'expression *se præcipitat*, qui indique une chûte d'un lieu élevé , convient bien mieux à ce dernier , qui tombe en effet de la montagne , qu'à l'autre , dont tout le cours était presque horizontal. (*Voy.* Traité de la Police, article Pêche, T. III , p. 292.

NOTE 6, PAG. 23.

Non-seulement cette eau était blanchâtre et répandait une odeur bien marquée d'hydrogène sulfuré; mais je tiens de M. Devillier, ingénieur en chef des travaux du canal St-Martin , et qui m'a procuré les moyens de les suivre , que cette eau en était tellement chargée, que les planches qui la conduisaient , étaient en peu de tems encroûtées d'une véritable couche de soufre. Il existe donc dans Paris même, une source minérale semblable à celle d'Enghien. Comment se trouve-t-elle là ? Qui peut la produire? d'où tire-t-elle son origine ?

NOTE 7, PAG. 26.

Les fouilles faites cette année, pour asseoir les fondations de la nouvelle église de Notre-Dame-de-Bonne-Nouvelle, m'ont fourni une occasion précieuse de connaître la composition de cette butte, depuis sa base jusqu'à son sommet , c'est-à-dire , à une profondeur de plus de cinquante pieds ; j'ai pu voir par les stratifications nombreuses dont elle est composée, qu'elle servait de dépôt, non-seulement pour les plâtras, les décombres et débris des maisons , mais encore pour toutes les boues et immondices des rues de la ville.

J'ai trouvé dans toute cette masse, une multitude d'us-
tensiles et de débris d'objets travaillés, indiquant parfaitement les usages, et l'état de quelques arts à ces époques
éloignées ; l'éclat, la beauté et la finesse de quelques tissus
de soie, est ce qui m'a le plus frappé, ainsi que la conservation parfaite de quelques couleurs fixées sur la laine. Les
morceaux et débris de cuirs ouvrés et non ouvrés, s'y
trouvaient dans une prodigieuse quantité ; j'y ai recueilli
des plantes entières que d'habiles botanistes ont reconnues
pour être originaires d'Afrique; enfin, en arrivant au sol
naturel, on y a trouvé un champ planté de vignes, dont
on a retiré quelques morceaux de sarmens et de racines
parfaitement conservés ; en recueillant tous les objets divers que présente cette masse, on eût pu faire un musée
intéressant d'un genre tout nouveau : y déposait-on, avec
la boue des rues, les matières fécales ? Je n'ai pu en reconnaître la présence ; ceci cessera d'étonner, quand on
saura que cette butte date du règne de Charles V et de
Charles VI, et que les fosses d'aisance ne furent introduites
à Paris que sous François Ier.

NOTE 8, PAG. 30.

Je répète ici ce que j'ai dit dans mon texte ; ayant trouvé
ce chapitre presque tout fait, dans les ouvrages de M. l'ingénieur en chef Girard, j'ai cru devoir le copier, en en
retranchant seulement des détails qui m'ont paru inutiles ;
pouvais-je mieux faire que l'académicien auquel je l'emprunte ?

NOTE 9, PAG. 30.

Jules Aubriot, prévôt des marchands et intendant des

finances sous Charles V, bâtit la Bastille, le pont au Change,
le pont Saint-Michel, le petit Châtelet, plusieurs parties
des murs de Paris; il imagina le premier de couvrir de
voûtes les égouts de la ville. Ce grand homme employa à
tous ces travaux les mendians et les vagabonds, et main-
tint de cette manière la tranquillité dans Paris, au milieu
des désordres et des calamités de toute espèce; mais pour
récompense de son zèle, il fut poursuivi par l'université,
dont il réprimait les écoliers, et enfermé à la Bastille, son
propre ouvrage. Ayant été délivré de prison, par des fac-
tieux, connus dans notre histoire sous le nom de Maillo-
tins, qui voulaient le mettre à leur tête; il ne voulut pas
y consentir; et, s'échappant de leurs mains, il se retira à
Dijon, sa patrie; où il mourut en 1382. (Millot, Elémens
de l'histoire de France, T. 2; p. 94, et Biographie universelle, article Aubriot.)

NOTE 10, PAG. 35.

Miron, appartenant à une famille illustre par les alliances,
les places qu'elle a occupées et les services qu'elle a rendus
à l'état, comptait parmi ses aïeux un grand nombre de
médecins célèbres qui, tous avaient été successivement pro-
fesseurs de médecine et médecins de Charles VIII, de
Louis XII, de Henri II, de Charles IX et de Henri III.
Il rendit les services les plus signalés à la ville de Paris
lors de l'avénement de Henri IV, sut maintenir une bonne
police en tems de trouble, et construisit, à ses frais et avec
les émolumens de sa place, des quais, des ports, des places
publiques, la façade de l'hôtel-de-ville, et sur-tout des
égouts, dont on sentait de plus en plus la nécessité. Il mourut le 4 juin 1609. (Biographie universelle, art. Miron.)

NOTE 11, PAG. 35.

Cette crainte de voir des maladies contagieuses, occasionées par les émanations des égouts, l'obligation où fut François Ier, de bâtir à sa mère un nouveau palais, pour la préserver de l'infection de l'égout Sainte-Catherine, les remontrances réitérées, faites par Henri II, aux autorités de la ville, relativement au même égout, et bien d'autres circonstances et détails historiques, sont bien plus capables que toutes les dissertations, de nous donner une idée de l'état de l'atmosphère de Paris, à ces époques éloignées, et de nous faire apprécier le bienfait d'établissemens qui rendent aujourd'hui le dernier du peuple mieux partagé sous le rapport de l'air, que ne l'étaient alors nos rois dans l'intérieur de leur palais.

NOTE 12, PAG. 38.

Lamarre fait un tableau bien triste de ces inondations occasionées par les orages. Dès 1667, dit-il, le grand égout s'encombrait tellement d'eau dans les grands orages, que les égouts de la Vieille-rue-du-Temple et des Boucheries-Saint-Paul, ne pouvant débiter celle qu'ils recevaient, inondaient subitement toutes les maisons de ces quartiers, empêchaient d'y entrer et d'en sortir, en interdisaient l'abord et le chemin au public ; l'eau emplissait les cours, les cuisines, les salles basses et les boutiques, corrompait les marchandises et les provisions, détruisait les maisons ; et y entrait avec tant d'impétuosité, que le 18 août 1667, la fille du nommé Dumond, marchand de vin, qui tenait une maison faisant l'encoignure de la Vieille-rue-du-Temple à celle des Quatre-Fils, fut surprise en remontant de la cave, et entraînée par le torrent qui la noya sans qu'il fût possible de la secourir. (Traité de la Police, T. 4, p. 410.)

NOTE 13, PAG. 40.

. Entre autres priviléges accordés à ceux qui voulaient bâtir au-delà des remparts, ils furent exempts, à perpétuité, du logement des gardes-françaises, suisses et autres gens de guerre ; ce quartier, où est actuellement la chaussée d'Antin, n'étant destiné qu'à loger la classe ouvrière et malheureuse, rien ne pouvait être plus précieux que ce privilége ; que les choses sont changées ! (Traité de la Police, T. 4, page 409.)

NOTE 14, PAG. 42.

Turgot (Michel-Etienne), né à Paris, en 1699, mort dans la retraite, en 1751, passa de la place de président au parlement à celle de prévôt des marchands, et fut conseiller d'état, puis président du grand conseil. Le grand égout de ceinture, l'ouvrage le plus remarquable, qui fut fait pendant son administration, suffirait seul pour l'immortaliser. Son zèle vigilant et actif, fut très-utile aux Parisiens, qui, lui ayant dû l'abondance dans les tems les plus difficiles, ne prononcent son nom qu'avec vénération ; il ne faut pas le confondre avec son troisième fils qui fut contrôleur des finances sous Louis XVI, et intendant de Limoges, et qui a laissé dans ce pays des souvenirs impérissables par le bien de toute espèce qu'il y fit.

NOTE 15, PAG. 43.

Je tiens d'un célèbre architecte, l'honneur de l'école

francaise, M. Fontaine, que cet égout seul a coûté plus de 800,000 francs; si, par son dalage, son étendue, sa construction et la manière dont il est aéré, il peut être cité pour modèle, il offre également un grand nombre d'imperfections, particulièrement sous le rapport des petits embranchemens latéraux, dans lesquels séjournent toujours les immondices.

NOTE 16, PAG. 46.

Cette méthode de se servir des égouts pour y faire passer les tuyaux d'eau claire, n'est pas une idée nouvelle; je l'ai trouvée expliquée et figurée dans l'architecture de Pate, mauvais ouvrage assurément, sous le rapport de l'art, mais dans lequel cependant on peut puiser de fort bonnes choses, particulièrement sous le rapport de l'hygiène.

NOTE 17, PAG. 51.

Je me suis trouvé dans un grand embarras lorsqu'il m'a fallu désigner dans cette description, la longueur de chaque égout; quelques personnes qui la connaissaient ne voulurent pas me la donner, je ne pouvais me fier à celle que je trouve dans le mémoire sur les eaux de Paris, puisqu'il y est dit, page 280, que l'égout de l'École-Militaire n'a que 270 mètres; or, il est évident que le champ de Mars a une longueur infiniment plus considérable, et comme l'égout qui le traverse ne se rend pas directement à la Seine, mais fait un coude dans le milieu, il doit avoir toute la longueur plus la moitié de la largeur du champ de Mars; j'ai donc été obligé d'avoir recours à un autre moyen pour avoir cette longueur, et voici comme je m'y suis pris; j'ai tracé sur le grand plan de Paris, publié par

Piquet, tous les égouts avec l'exactitude la plus scrupu-
leuse, et m'en rapportant à l'échelle qui s'y trouve, j'en ai
tiré la longueur de chaque égout ; cette méthode n'est peut-
être pas la plus exacte, mais elle est suffisante pour l'objet
qui m'occupe.

NOTE 18, PAG. 80.

Cette croûte est évidemment formée par les sels qui se
trouvent dans les urines : sa ressemblance avec le dépôt
qui se forme dans les conduits en plomb de nos maisons,
et les incrustations que l'on voit le long des murs où l'on
dépose habituellement les urines, me prouve qu'un chimiste y retrouverait certainement tous les principes cons-
tituant de ce liquide.

NOTE 19, PAG. 85.

Aucun égout ne la présente avec autant de force que celui de la rue Amelot ; on en est en quelque sorte suffoqué
lorsqu'on vient à ouvrir les regards ; le gaz hydrogène
sulfuré en sort alors en quelque sorte par torrent ; on di-
rait même que le soufre s'est déposé sur les parois des regards, et qu'il y forme une couche d'une épaisseur sensible.

NOTE 20, PAG. 87.

Ceci paraît en contradiction avec ce qui précède, et cependant je ne fais que rendre ce que j'ai éprouvé ; c'est à
l'embouchure de l'égout Amelot, dans les fossés de la Bastille que j'ai reconnu l'odeur de vacherie, et c'est au milieu de son cours que j'ai reconnu la présence de l'hydrogène sulfuré ; comme il est infecté et impraticable depu

quarante ans, je n'ai pas pu connaître la cause de cette différence, quoique je me sois fait descendre sur un de ses points, jusqu'à la superficie de la masse d'immondices qui s'y trouve accumulée, je présume qu'elle est due à l'eau reçue par quelques embranchemens inférieurs.

NOTE 21, PAG. 90.

Ces observations sur la température, sont le résultat de mes sensations, et non d'expériences exactes, je ne sais pas pourquoi je ne l'ai pas fait autrement; le sujet mériterait peut-être qu'on s'en occupât d'une manière particulière.

NOTE 22, PAG. 93.

La chaleur vraiment extrême, que j'ai ressentie à l'ouverture de l'égout Amelot, et dans son intérieur, bien supérieure à celle de tous les autres égouts, me prouve combien cette cause est efficace pour l'augmentation de la température.

NOTE 23, PAG. 97.

L'espace qu'il faut nécessairement faire parcourir à cette boue, étant souvent de 12 à 15,000 mètres, est-il possible de l'entraîner dans une aussi grande étendue ? et comme la longueur du grand égout est de 6,866 mètres, peut-on être étonné qu'il reste encombré à son origine, d'une aussi grande quantité d'immondices.

NOTE 24, PAG. 101.

Je dois à la complaisance de M. Uvé, architecte de la

Salpêtrière, et à celle de M. Lelouche, inspecteur des bâtimens des Invalides, la connaissance des égouts de ces
deux établissemens.

NOTE 25, PAG. 101.

Voir la note 11me.

NOTE 26, PAG. 103.

Rien ne montre mieux la promptitude avec laquelle un
égout abandonné à lui-même, peut s'infecter, que ce qui
est arrivé dans l'été brûlant de 1822, à l'égout de la place
du Châtelet. On portait ordinairement peu d'attention à ce
petit égout, mais des réparations faites à la pompe Notre-
Dame, ayant empêché, pendant un certain tems, d'envoyer
de l'eau à la fontaine, dont le superflu retombe dans l'é-
gout, les immondices s'y accumulèrent et y contractèrent
une telle infection, qu'elle se fit reconnaître à l'odeur qui
sortait par les deux ouvertures; on parvint cependant à le
curer, mais avec des précautions infinies, et en s'y prenant à plusieurs reprises; ce qui n'empêcha pas que plusieurs ouvriers ne courussent le danger d'être asphyxiés, et
ne fussent fortement incommodés. (Renseignemens fournis par M. Toutain, inspecteur des égouts du midi.)

NOTE 27, PAG. 107.

Lorsque je visitai, l'année passée, les prisons de Paris,
avec mon ami Villermé, qui s'est occupé des prisons d'une
manière générale, et a publié sur elles des ouvrages remarquables, je fus extrêmement surpris de la proportion
de malades retenus dans l'infirmerie de St.-Lazare, com-

parativement à la population générale de la prison. Il pouvait
se faire que ce nombre de malades tînt à des circonstances pas-
sagères, mais les renseignemens qui m'ont été fournis par le
directeur et par tous les employés de la maison, m'ont prouvé
que depuis un grand nombre d'années, cette proportion
était toujours la même, ce qui m'a encore été confirmé par
des observations faites sur les prisons, par des personnes
instruites, dans les années antérieures.

Cette prison, réunissant toutes les conditions nécessaires
pour le maintien de la santé, sous le rapport de sa position,
des constructions, des vêtemens, et de la nourriture des
détenus, etc., ceux-ci ne manquant jamais de travail; comment expliquer cette proportion de malades bien supérieure à
celle qu'on remarque dans d'autres prisons fort mal tenues,
et où se trouvent réunies toutes les causes apparentes d'in-
salubrité ? Ceci, je dois l'avouer, a déconcerté tous les
calculs, et fait dire à chacun, qu'il existait bien une cause
à cette singularité, mais qu'elle ne pouvait être aperçue. Je
ne désespère pas de l'avoir trouvée, cette cause ; et je crois
pouvoir l'indiquer dans la nature de l'eau qui sert de boisson aux détenus ; l'ayant en effet goûtée dans le réservoir
en bois, mal entretenu, et rempli de plantes de la nature
des conferves, qui est derrière la maison, je lui ai trouvé un
goût détestable et véritablement repoussant, ce qui jusqu'ici
ne paraît encore avoir été noté par personne ; ne pourrait-
on pas encore la reconnaître dans la nature chimique de
l'eau de Belleville et des prés Saint-Gervais, dont les détenus font leur boisson à l'exclusion de toute autre ? Ce
qui le prouve, c'est la ressemblance frappante, qui existe
sous ce rapport, entre l'eau de Belleville et celle du puits
de la cour d'entrée de l'hospice de la Salpêtrière, qui
contiennent l'une et l'autre une très-forte proportion de

sulfate de chaux et autres sels à vertu purgative ; or, le vénérable professeur Pinel et son élève Schwilgue ont remarqué, il y a plus de vingt ans, l'influence qu'avait l'eau du puits dont je viens de parler, sur la partie de la population de l'hospice qui en faisait usage, et ils n'ont pas cru devoir attribuer à une autre cause, certaines affections dues évidemment aux localités, et particulièrement la disposition aux diarrhées chroniques qu'on observe si souvent dans cet hospice ; et remarquons bien *que la plupart des malades qui encombrent l'infirmerie de la prison de Saint-Lazare, y sont amenés pour des indispositions absolument de la même nature.* Dans cette prison même, il faut avoir recours à l'eau de la Seine, pour y cuire les légumes et autres alimens, preuve évidente de la vérité, ou au moins de la probabilité de tout ce que je viens d'émettre.

Ce n'est que dans ces lieux et sur de grandes réunions, comme je l'ai dit dans le cours de ce travail, que celui qui s'occupe des moyens de donner à l'hygiène quelque chose de positif, pourra faire des observations et des rapprochemens utiles ; cette tâche honorable est réservée aux médecins et aux administrateurs auxquels ils sont confiés. (Voyez, pour ces analyses et des détails plus circonstanciés et plus étendus, Pinel, médecine clinique, p. 12 et suivantes, et le rapport fait en 1816, à l'administration générale des ponts et chaussées sur le canal de l'Ourcq, p. 181 et suivantes.)

NOTE 28, PAG. 119.

Cet encombrement de la Seine, par les immondices que le repos y laisse précipiter dans les lieux peu rapides, deviendra plus sensible, si on l'élève par des digues et des barrages , pour la tenir toujours au même niveau, parce qu'alors le courant sera bien moins rapide, la masse d'eau actuelle pouvant passer sur une surface beaucoup plus étendue.

NOTE 29, PAG. 120.

Dans la grande et magnifique entreprise de la distribution intérieure de l'eau dans Paris, a-t-on réfléchi au moyen de procurer à cette eau toutes les qualités qu'on peut lui désirer ? je ne le crois pas : l'eau à la vérité coulera rapidement à cause de la pente presque partout uniforme et sagement ménagée ; les gelées, de cette manière, ne l'arrêteront pas : par la même raison, elle ne sera que peu de tems en contact avec les parois du canal, et ne pourra pas en dissoudre les pierres calcaires qui forment son fond ; c'est dans cette intention qu'on ne l'a pas creusé sur le penchant des coteaux entièrement formés de gypse, mais dans le milieu de la vallée ; ni écluse ni barrage ne l'interrompent ; mais quelle est la propriété que l'on désire avant tout dans une eau, celle qui frappe davantage les yeux de la multitude, et décide sa préférence, n'est-ce pas la limpidité ? or, comment cette limpidité pourra-t-elle exister lorsqu'une navigation active sur les deux canaux Saint-Martin et Saint-Denis, renouvellera à chaque instant l'eau du bassin de la Villette, et ne lui laissera pas un moment pour se reposer ? il n'est pas jusqu'aux moyens les plus efficaces pour conserver à l'eau ses bonnes qualités, par exemple, la rapidité dans tout son cours, qui ne contribuent puissamment à empêcher qu'elle ne s'éclaircisse.

Je crois qu'on eût ajouté un grand perfectionnement à cette entreprise, en ménageant dans le voisinage du bassin actuel, des bassins secondaires, dans lesquels eût été reçue l'eau destinée à la consommation de la ville, et qui, par le repos, eût acquis une limpidité qui en fait un des plus grands mérites. Combien de tems eût-il fallu qu'elle restât dans ces bassins, pour s'y clarifier entièrement ? J'ai pris là-dessus beaucoup de renseignemens dans tous les lieux où se trouvent des réservoirs, des bassins, etc.; mais ils ne m'ont amené à aucun résultat satisfaisant ; j'ai fait quelques essais et quelques expériences, mais elles ne sont ni assez multipliées ni assez concluantes pour en tirer parti, quoiqu'elles m'aient procuré quelques notions assez curieuses : il faut donc les recommencer.

J'ai l'intime conviction, que ce que je propose aujourd'hui, a été primitivement oublié et sera un jour exécuté ; mais où le fera-t-on, maintenant qu'il n'existe plus d'emplacement du côté de la Villette, et que le clos Saint-Lazare, seul lieu convenable pour cela, a changé de destination ? Le succès futur de la distribution de l'eau dans Paris, dépend du public, il faut donc éloigner, pour le bien de la ville, tout ce qui pourrait faire naître contre cette eau, la moindre prévention. La somme nécessaire pour cela peut-elle être mise en parallèle avec les trente-six ou quarante millions que le canal a déjà coûté.

NOTE 3o, PAG. 122.

Ayant apporté dans mes observations, toute l'attention dont je suis capable, je puis assurer que ni l'odeur des égouts, ni la répugnance qu'ils inspirent, n'ont été pour quelque chose dans les sensations nouvelles et pénibles qu'ils m'ont fait éprouver, d'où j'ai conclu qu'elles tenaient à la nature particulière de l'air des égouts, altéré sûrement par le mélange de quelques principes impropres à la respiration.

Je n'avais à cet égard que des probabilités, lorsque mes soupçons se sont convertis en certitude par l'analyse de cet air, que mon ami M. Gaultier de Claubry, savant et habile chimiste, a bien voulu faire à ma sollicitation.

Voici ce que lui ont fourni cent parties de ce gaz :

Oxigène.	13,79.
Azote	81,21.
Acide carbonique .	2,01.
Hydrogène sulfuré	2,99.
	100,00.

Si on se rappelle maintenant que l'air pur contient 21 parties d'oxigène, 79 parties d'azote et quelques millièmes seulement d'acide carbonique, on concevra facilement combien il devra être nuisible lorsqu'il sera privé d'un tiers de la partie qui, seule, le rend propre à la respiration, lorsqu'il contiendra en plus 2,21 d'azote, gaz impropre à cette respiration ; 2,01 d'acide carbonique, autre gaz également impropre à la respiration ; enfin, 2,99 d'hydrogène sulfuré, gaz non-seulement impropre à la respiration, mais le plus délétère qu'il soit possible d'imaginer, puisque les expériences faites par M. Dupuytren, ont prouvé que 1/800 de ce gaz, introduit dans des cloches, où étaient plusieurs oiseaux, a suffi pour les asphyxier tous dans l'espace de quelques secondes, sans qu'on pût les rappeler à la vie, et que ce ne fut que dans la proportion de 1/1000, qu'il n'occasiona pas la mort, mais seulement une gêne très-grande dans la respiration. (Dict. des sciences médicales, t. II, pag. 391.)

Maintenant, je me demande comment il m'a été possible de rester plus de cinq minutes dans le fond de l'égout même où j'ai puisé l'air dans lequel l'analyse a trouvé près de 3/100 de gaz hydrogène sulfuré, puisqu'il a suffi à M. Dupuytren de 1/800 de ce gaz pour asphyxier en un instant des animaux de petite taille, et à M. Chaussier de 1/250 pour tuer le cheval le plus fort ; je ne puis l'expliquer, qu'en supposant une variation dans la nature de l'air de l'égout à diverses hauteurs ; j'ai pris la précaution d'entrer et de rester debout dans cet égout ; et c'est à la surface même de la boue liquide que j'ai puisé l'air ; ce qui fait une différence de cinq pieds entre l'endroit où se trouvait ma bouche et celui où cet air fut recueilli ; sans cette supposition, qui me paraît plausible, je ne puis concevoir comment il ne m'est pas arrivé d'accidens ; car on ne doit pas douter de l'exactitude de l'analyse, elle a été répétée à plusieurs reprises, et toujours avec les soins les plus attentifs et les plus minutieux.

C'est au coin de la rue du Chemin-Vert, entre l'embouchure de l'égout de l'abattoir de Popincourt et celle d'un petit embranchement qui se trouve à côté, c'est-à-dire dans la partie la plus salubre de l'égout Amelot, que j'ai pris cet air dans une bouteille remplie de sable fin, et que j'ai vidée à l'aide d'une bascule. Une lumière, descendue dans l'égout, ne s'étant pas éteinte, ayant pu y séjourner moi-même, sans éprouver autre chose qu'une gêne légère dans la respiration, nous devons entrevoir quelle doit être dans quelques circonstances l'altération de l'air de cet égout qui, non-seulement éteint les lumières sur tous les autres points de son cours, mais encore y asphyxie et y tue les hommes et les animaux qui veulent y pénétrer.

NOTE 31 , PAG. 123.

Cette expression singulière, empruntée aux vidangeurs, et par laquelle ces ouvriers désignent l'asphyxie, a probablement été adoptée par eux, à cause de la gêne de la respiration, qui fait éprouver une sensation, comparable à un poids énorme dont la poitrine serait chargée et comprimée.

NOTE 32 , PAG. 124.

Les ouvriers égoutiers que j'ai eu occasion de voir dans les hôpitaux sont au nombre de cinq ; deux y vinrent pour des affections de poitrine, un autre pour une affection du ressort de la chirurgie, un quatrième pour une hépatite ; mes notes se trouvent en défaut pour l'affection du cinquième, ils ont tous guéri aussi promptement, et par les mêmes moyens que tous les autres malades.

NOTE 33 , PAG. 127.

Dans les histoires d'asphyxie, rapportées par Cadet Devaux, il est question de douleurs éprouvées par quelques malades, sur l'estomac, les intestins et la région épigastrique. Dans le travail fait, le 25 juin 1781 , à l'égout Amelot, un homme et une femme, qui demeuraient à côté, éprouvèrent des douleurs de tête et d'estomac, ainsi que des coliques. (Recherches sur la nature et les effets du méphitisme des fosses d'aisance, par J. N. Hallé, p. 162.)

NOTE 54, PAG. 132.

Il est étonnant que cette influence, que paraissent avoir

15

les émanations putrides, particulièrement celles des égouts
et des fosses d'aisance sur les maladies vénériennes, n'ait
été remarquée par aucun de ceux qui se sont occupés de
ces maladies, du moins je n'en ai pas entendu faire mention dans tous les cours que j'ai suivis, et ne l'ai trouvée
consignée dans aucun livre. Quoique je n'aie pas fait d'observations et de recherches spéciales à ce sujet, ce que j'ai
rapporté me parait prouvé et digne de foi, et, ce qui le confirme, c'est que la même chose a été observée il y quarante
ans, par Cadet Devaux, Laborie et Parmentier, et consignée par eux dans leurs recherches sur les fosses d'aisance; ce qu'on retrouve encore dans le mémoire déjà cité
de M. Hallé sur les fosses d'aisance, note 24, page 59.
J'en extrais le passage suivant, digne de toute notre attention. « Ce qu'ont annoncé à ce sujet (l'influence des fosses sur
» les maladies vénériennes) les auteurs des observations
» sur les fosses d'aisance, m'a été confirmé par le témoi-
» gnage de M. Verville, inspecteur de la salubrité à cette
» époque, qui m'a même assuré que si un ouvrier en cet
» état continuait son travail, en quinze jours la maladie
» ferait de tels progrès, qu'elle deviendrait incurable et
» mortelle. » On sait que M. Verville était un homme d'un
grand sens, d'un courage et d'un dévouement admirables
pour tout ce qui regardait les devoirs de sa place, et qui,
l'ayant occupée pendant un grand nombre d'années, avait
dû acquérir sur tout ce qui la concernait une grande expérience, je trouve son nom cité avec éloge, dans tous les
Mémoires relatifs à la salubrité qui ont paru de son tems,
on peut donc regarder comme une vérité démontrée, ce
qu'il a dit à M. Hallé, sur cette influence singulière des
fosses.

C'est à dessein que j'appuie sur toutes ces observations

isolées, qui, jusqu'ici, sont restées sans résultat, mais qui, probablement, ne demeureront pas long-tems sans porter leur fruit. Quand on réfléchit à la fréquence extrême de la seule maladie sur laquelle les émanations putrides paraissent avoir une influence véritable, quand on pense à l'état des vêtemens et des habitations de ceux qui, affectés de ces maladies, ne cherchent pas à s'en débarrasser, surtout à la nécessité où sont les individus de toutes les classes, de fréquenter les latrines ou de vivre dans un hôpital, dans une prison, ou même dans leur propre demeure, à côté des émanations qui sortent de ces lieux, on comprendra peut-être qu'il n'est pas étonnant de voir quelques maladies vénériennes résister quelquefois à tous les genres de traitemens, et se prolonger indéfiniment sans qu'on puisse en connaître la cause. Il me suffit aujourd'hui d'avoir signalé cette particularité à la curiosité et à la sagacité de ceux qui se trouvent dans une position favorable pour vérifier jusqu'à quel point tout ce que je viens de dire est exact et digne de foi, et de faire naître, s'il est possible, des réflexions et des essais sur la véritable action des émanations putrides; ce que j'en ai dit dans ce travail, doit nécessairement mettre sur la voie.

NOTE 35, PAG. 136.

Cet événement est célèbre dans l'histoire des asphyxies occasionées par les égouts et les fosses d'aisance; les détails avec lesquels Cadet de Vaux en a raconté toutes les particularités, le rendent infiniment précieux pour tous ceux qui s'occupent d'hygiène et d'établissemens sanitaires; il a donné lieu à toutes les belles recherches qui ont été faites depuis, et particulièrement à celles de M. Hallé, qui a ouvert la carrière et mis sur la voie tous ceux qui sont venus après lui.

NOTE 36, PAG. 137.

Il faut remarquer ici, que les asphyxies deviennent plus rares, justement à l'époque à laquelle le nombre des ouvriers est porté de 16 à 24, et lorsqu'ils ont à leur tête deux hommes, qui, doués d'un grand sens et instruits par une longue expérience, pouvaient leur faire prendre les précautions nécessaires ; on peut donc, en augmentant le nombre des ouvriers, quand cela est nécessaire, détruire entièrement les dangers que peuvent offrir des dispositions et des localités vicieuses.

NOTE 37, PAG. 137.

Ces cinq malades ayant été placés, les uns dans une salle et les autres dans une autre, furent traités différemment ; on administra aux uns des vomitifs répétés, des antispasmodiques éthérés, à cause des accidens nerveux qu'ils présentèrent ; ils ont tous guéri. On fit aux autres des saignées répétées, motivées sur la gêne de la respiration ; ils ont tous succombé : une chose remarquable, c'est que le sang qui avait une couleur verdâtre, exhalait évidemment une odeur d'hydrogène sulfuré.

NOTE 38, PAG. 137.

Ces ouvriers ne furent ni saignés ni émétisés, mais traités par les seuls excitans légers.

NOTE 39, PAG. 139.

L'asphyxie n'est pas le seul accident auquel les égoutiers

soient exposés ; ils sont quelquefois surpris , en été, **par les**
orages , et entraînés par le courant, comme je l'ai dit **dans**
le cours de ce travail. Le plus récent de ces accidens a eu
lieu , en 1820 , dans le grand égout non loin du faubourg
du Temple , trois ouvriers y périrent, leur chef seul put
s'accrocher à une corde qui lui fut jetée par un regard ,
en face de la rue d'Angoulême.

On peut encore citer parmi les accidens les plus remarquables de ce genre , celui de 1809 , dans lequel huit ouvriers , occupés à extraire du sable dans le grand égout, à
l'angle de la rue de Bondy et du faubourg du Temple,
furent surpris par un orage ; six d'entre eux gagnèrent, à
la nage , l'échelle par laquelle ils étaient descendus; mais
l'impétuosité du torrent entraîna les deux autres, qui périrent misérablement.

NOTE 40, PAG. 140.

Il est évident que si l'infection tient à la présence de
quelques parties d'hydrogène sulfuré, la combustion conti-
nuera très-bien, quoiqu'un homme soit certain de périr
en pénétrant dans le lieu où se trouve cet air ; c'est ce que
l'expérience avait, dès les tems les plus anciens , démontré
aux vidangeurs qui avaient reconnu que , parmi les fosses
méphitisées au plus haut degré, les unes entretenaient
très-bien les lumières , et les autres ne les entretenaient
pas (voir les recherches sur le méphitisme des fosses d'aisance , par MM. Dupuytren , Thénard et Barruel , journal
de médecine , T. XI, p. 194), il est également prouvé ,
par les mêmes recherches , que la présence de l'azote peut
être en assez grande quantité pour éteindre les bougies,
lorsqu'il sera encore possible aux animaux d'y vivre assez
long-tems.

NOTE 41, PAG. 141.

Le gaz azote qui infecte la plupart des fosses est ino-
dore, ainsi que l'acide carbonique.

NOTE 42, PAG. 148.

Les dangers que courent les ouvriers dans cet égout, et
les accidens qu'ils éprouvent, se trouvent expliqués par les
détails contenus dans la note 30.

NOTE 43, PAG. 149.

Dans le mémoire déjà cité sur le méphitisme des fosses
d'aisance, occasioné par la présence de l'azote, on
trouve plusieurs analyses qui, par le grand intérêt qu'elles
présentent, méritent d'être ici rapportées. Dans une de ces
analyses on trouva

Gaz azote. . . . . 94.

— oxigène.. . . . . 2.

— acide carbonique ou carbonate

d'ammoniaque. . . . . 4.

Dans l'analyse d'une quantité donnée d'air recueilli
dans un autre lieu, on trouva

Gaz azote. . . . . 89.

— oxigène.. . . . . 6.

— acide carbonique.. . . . . 5.

Dans ces deux cas, les lumières se sont constamment
éteintes au point où l'air analysé avait été recueilli, les
animaux qui y furent descendus ne périrent pas, mais
éprouvèrent une gêne très-grande dans la respiration.

Pour faire mieux sentir l'altération vraiment excessive de

cet air, je vais rappeler la composition de l'air atmosphérique pur qui contient

oxigène. 21

azote 79

et quelques millièmes d'acide carbonique.

NOTE 44, PAG. 152.

Les médecins instruits sentent tous les jours combien il
eût été important que les architectes eussent eu, je ne dis
pas des connaissances médicales , mais de simples notions
de physique et de chimie, pour donner à nos habitations et à tous les lieux où se réunissent les hommes , le
degré de perfection dont ils sont susceptibles.

Personne n'est plus que moi admirateur des beaux arts ,
mais lorsqu'il ne s'agit pas de monumens publics , je dis
qu'il faut sacrifier à l'utilité la symétrie et la régularité des
lignes. Ce n'est pas lorsqu'on se porte bien qu'on peut reconnaître les inconvéniens d'un appartement, on ne les
sent bien que lorsqu'on est malade. C'est en cherchant les
causes d'une maladie , et par de nombreux rapprochemens ,
que le médecin véritablement philosophe et investigateur,
parvient quelquefois à connaître d'une manière positive
l'influence d'une disposition d'une localité quelconque sur
la santé des hommes. Les architectes connaissent parfaitement le degré de dureté et de résistance des matériaux
qu'ils emploient, mais beaucoup savent-ils jusqu'à quel
point ils sont susceptibles de transmettre l'humidité , et le
calorique, etc. , etc. Or , quelle est la première destination
d'une maison , si ce n'est de nous défendre de l'impression
des corps extérieurs , et en particulier de l'humidité du
chaud et du froid. Ils savent encore par expérience l'éten-

due qu'il faut donner à une chambre à coucher pour y
passer la nuit et y jouir paisiblement du sommeil ; mais
comme on peut tomber malade dans cette chambre , et qu'il
faut y être soigné , savent-ils que l'homme qui a la fièvre
échauffe trois et quatre fois plus l'atmosphère qui l'environne que lorsqu'il se porte bien ? Savent-ils que dans ces
circonstances , la respiration extrêmement accélérée , altère
et vicie en un instant l'air environnant ? Quel n'est pas
souvent l'embarras d'un médecin , gêné par les localités ,
pour procurer tout à la fois un air chaud et salubre à un
malade prêt à suffoquer ; tous ces inconvéniens sont bien
pires lorsque la maladie est de nature à répandre une odeur
infecte , la variole par exemple. Il me serait facile de faire
sur ce sujet un volume tout entier ; on ignore encore bien
des choses utiles au bien de l'humanité ; j'en ai dit assez
pour prouver que l'avis des médecins véritablement instruits , n'est pas aussi à dédaigner que le pensent les administrateurs et les architectes , et pour justifier ce que j'ai
écrit sur les égouts de Paris.

NOTE 45, PAG. 156.

Voyez les Mémoires de l'Académie des Inscriptions et
Belles-Lettres, tom. XVII, p. 588.

NOTE 46, PAG. 158.

Si l'égout de la rue Saint-Honoré est construit, c'est dans
celui-là qu'il doit être dérivé; de là peut-être une modification dans les dimensions du premier.

NOTE 47, PAG. 168.

La construction en fer forgé de ces grilles telles qu'elle

sont aujourd'hui, les rend fragiles et dispendieuses ; il me semble que des modifications avantageuses pourraient être introduites dans cette construction.

NOTE 48, PAG. 169.

La boue y était en si grande quantité, que M. Nergot m'a assuré en avoir jusque par-dessus la ceinture, et qu'il n'a pu en sortir plusieurs fois qu'en s'y jetant à la nage.

NOTE 49, PAG 169.

Toutes les observations d'asphyxie qui ont été rapportées avec détail le prouvent évidemment. Si j'ai pu descendre et rester impunément, pendant un certain tems, dans l'égout Amelot évidemment infecté, comme l'a prouvé l'analyse, c'est que je n'ai pas quitté la direction du regard. L'accident arrivé en 1781 dans ce même égout, et rapporté par M. Hallé en est une nouvelle preuve, ce n'est jamais sous les regards, mais toujours à une certaine distance, qu'on les a vus.

NOTE 50, PAG. 171.

Dans les graves et savantes discussions qui ont occupé cette année l'Académie des Sciences, sur les moyens de prévenir les dangers offerts par les machines à vapeur, non-seulement tous les membres de la commission, mais l'Académie tout entière ont été unanimes sur la nécessité de rendre indépendante des ouvriers, la direction du niveau de l'eau dans les chaudières et la tension de la vapeur ; il a paru visible que de ce seul point dépendait la solution du problême. La même chose se discute maintenaut au sujet de l'éclairage par le gaz hydrogène. Parce que les gazomètres et les chaudières des machines à vapeur tuent les gens avec fracas, mériteraient-ils plus d'attention que les égouts qui les tuent en secret et dans le silence ?

NOTE 51, PAG. 171.

Voyez la note 39.

NOTE 52, PAG. 172.

Renseignemens fournis par M. Nergot.

NOTE 53, PAG. 172.

La multiplicité des regards n'est pas seulement utile pour assainir les égouts, et donner aux ouvriers les moyens de les sauver dans des circonstances qui, heureusement, se renouvellent rarement ; comme c'est par eux qu'on extrait le sable et les parties pesantes qui ne peuvent être entraînées, on ménagera singulièrement le tems et la peine des ouvriers, qui ne seront plus alors obligés de les transporter à bras, à au moins 50 mètres de distance. Le nettoyage étant plus facile, il sera mieux fait, il exigera moins de monde, il ménagera les forces des ouvriers. Excusons ces malheureux, si maintenant ils se contentent souvent de jeter ce sable à droite et à gauche, et de ne l'extraire que lorsqu'il devient trop abondant, c'est qu'ils ne peuvent véritablement faire autrement ; rappelons-nous surtout que c'est toujours entre chaque regard, et jamais au-dessous d'eux, que sont arrivées les asphyxies.

Le fameux barrage de la rivière d'Orb, au moment où le canal de Languedoc y pénètre, est connu, non-seulement de tous les ingénieurs, mais encore de tous les curieux et de tous les gens amis de l'industrie. C'est d'après l'idée que je me suis formée de ce barrage sur les lieux mêmes, que je conçois celui que je propose, pour faciliter l'assainissement de l'égout Amelot. Voyez Huergue de Pommeuse, des canaux navigables, page 290, et pl. 6 de l'atlas; et l'histoire du canal de Languedoc, par le général Andréossi.

Le masque, proposé par M. Gosse, ayant fait du bruit, lorsque ce jeune savant rendit compte à l'Institut de ses heureux résultats, et paraissant surtout applicable aux fosses d'aisance, je vais en donner ici une description succincte.

Il est fait avec les éponges marines ordinaires (polypiers polymorphes de Lamarck; polypiers coralligènes flexibles de Lamouroux) qui, par leur texture poreuse, réticulaire et élastique, se laissent pénétrer facilement par les liquides, et peuvent recouvrir exactement les surfaces contre lesquelles on les applique, quelle que soit leur inégalité.

Le plus ordinairement, une seule éponge suffit; on en recouvre le sommet du nez, la bouche et le menton d'une manière assez exacte pour que l'air ne puisse pas s'interposer entre la base de l'éponge et la peau.

Lorsque les yeux de l'éponge sont trop grands, ce qui arrive surtout à celles d'une qualité inférieure, on la rapproche avec un fil, ou bien on la coupe par tranches qu'on superpose ensuite dans des directions différentes.

Tout l'appareil est fixé devant la bouche par deux longs rubans de fil, cousus solidement en dehors et sur les côtés de l'éponge.

Cet appareil, trempé dans l'eau simple, suffit pour préserver de la poussière, et pour condenser les vapeurs mercurielles.

En ajoutant à l'eau simple, dit M. Gosse, une dissolution de potasse du commerce, dans la proportion d'une once de potasse sur huit onces d'eau, on neutralise toutes les vapeurs acides.

En unissant à l'eau un acide minéral ou végétal, ou même le chlore, on détruit toutes les émanations putrides végétales et animales, et tous les gaz délétères qui sont le résultat de la décomposition de ces matières, et qui forment ordinairement par leur présence le *plomb* des fosses d'aisance.

Au moyen d'une dissolution d'acétate de plomb (dans la proportion d'une once et demie de ce sel, sur deux livres d'eau de pluie ou de rivière), l'hydrogène sulfuré et les gaz ammoniacaux sont promptement décomposés par ce liquide, sans que la dissolution d'acétate de plomb communique à l'air la moindre qualité nuisible.

Enfin, M. Gosse indique l'eau de chaux comme capable de neutraliser l'acide carbonique des caves, des puits, etc.

Ce moyen, assurément très-ingénieux, et dont l'expérience paraît avoir confirmé dans quelques circonstances ce qu'indiquait la théorie, se retrouve entièrement décrit par Vicq d'Azir, dans son curieux et savant Mémoire en réponse aux questions proposées à la Société Royale de Médecine par l'ambassadeur de Malte, de la part du Grand-Maître de la religion et de son conseil. Il paraît que M. Gosse n'a point eu connaissance de ce Mémoire; ce qui ne serait pas

étonnant à cause de son excessive rareté. Je connais trop
la probité et la délicatesse de mon confrère, dont je m'ho-
nore d'avoir été le condisciple et l'ami, pour croire qu'il
en soit autrement ; deux hommes également ingénieux ne
peuvent-ils pas avoir la même idée, en différens tems et en
différens lieux ; d'ailleurs, l'extension donnée par M. Gosse
à l'idée qu'a eue quarante ans avant lui le rapporteur de la
Société Royale de Médecine, et le parti qu'il a su tirer des
connaissances nouvelles fournies par la chimie, donnent à
son Mémoire un intérêt tout particulier.

Quant à l'appréciation du moyen et à son véritable degré d'utilité, j'aurais besoin de tems et d'espace, pour
exposer tout ce que la réflexion et des observations multipliées m'ont appris sur lui ; c'est moins dans l'emploi d'appareils gênans et impraticables, que dans la modification
des machines et des procédés, qu'il faudra toujours chercher
les moyens d'être utiles aux artisans.

NOTE 56, PAG. 184.

Les appareils de M. Brizé Fradin, n'offrent pas plus
d'avantages que l'éponge de Gosse ; ils ne sont bons tout au
plus que pour aller secourir un asphyxié, mais nullement
pour travailler. Le premier de ces appareils, nommé par
son auteur *tube d'aspiration*, consiste dans un cylindre
creux de fer blanc, dont une de ses extrémités est surmon-
tée d'un petit tube en verre ; l'autre qui forme la base du
cylindre, est garnie d'une couche plus ou moins épaisse de
coton écru, et percée d'une ouverture à laquelle s'adapte
un tube court et évasé.

Pour s'en servir, on imbibe le coton d'un liquide dont
les qualités varient suivant les cas, et on fixe l'instrument

au-devant de la poitrine avec une agrafe et deux plaques latérales ; la bouche saisit alors le tube de l'extrémité supérieure, et l'air, qui pénètre dans le cylindre par l'ouverture de la base, forcé de traverser le coton, y dépose les principes nuisibles, et peut servir à la respiration ; les liquides agissent dans cette occasion, soit en opposant un obstacle mécanique aux émanations, soit en formant avec elle des combinaisons neutres et fixes.

Cet appareil compliqué, et d'un emploi encore plus difficile que le précédent, ne me paraît applicable dans aucune circonstance, aussi son auteur l'a-t-il modifié par le suivant qu'il a proposé en 1814. Il consiste dans un soufflet, duquel part un tuyau de trente mètres de longueur. Ce soufflet est porté par un ouvrier qui reste dans la partie non infectée de la mine ; l'autre extrémité du tuyau est tenue par l'homme qui descend dans la partie dangereuse pour secourir l'asphyxié, et est munie d'un tuyau à deux branches, l'une dirigée vers une petite lanterne, dont il entretient la combustion, et l'autre vers la bouche pour servir à la respiration.

Ce dernier appareil est-il meilleur que les précédens ? J'en doute fort, son plus grand défaut, qu'il partage avec les autres, est d'être impraticable. Je doute qu'avec ce moyen on puisse jamais conserver la vie à un homme. Je le prouverais promptement s'il m'était possible d'entrer ici dans tous les détails qui seraient nécessaires.

NOTE 57, PAG. 186.

Je renvoye en preuve de tout cela à ce que j'ai dit de l'Hôtel des Invalides, dont les égouts sont d'une netteté parfaite et véritablement surprenante, après le lavage qui

se fait avec un simple robinet. Il serait bien à désirer pour
la Salpêtrière, que l'administration des hôpitaux se procu-
rât les mêmes facilités que les Invalides, elle le peut
maintenant, sans de grandes dépenses, puisque l'eau de
l'Ourcq se trouve amenée, depuis peu de tems, dans le voisinage du Jardin des Plantes.

NOTE 58, PAG. 188.

Il suffit, pour s'en convaincre, de voir le ruisseau de la
rue Traversière du faubourg Saint-Antoine; malgré sa
pente et sa masse d'eau considérable, que de fange ne dé-
pose-t-il pas?

NOTE 59, PAG. 188.

Un moyen d'avoir sans frais de ces réservoirs propres à
faire des chasses dans les égouts, serait l'établissement de
buanderies publiques dans tous les quartiers éloignés de la
rivière. L'étude particulière que j'ai faite des ouvriers et
des indigens de Paris, que j'ai vus pendant des années dans
toutes les circonstances possibles, m'a mis à même d'ap-
prendre mieux qu'un autre leurs besoins, et particulièrement celui de laver leur linge, *promptement* et à *peu de
frais*, je me propose d'exposer un jour, sur ce sujet important, mes observations et mes idées.

NOTE 60, PAG. 190.

Dans ce système, les deux conduites en fonte (outre celle
destinée à amener à l'égout l'eau de la maison), n'auraient
d'autre objet que de contenir et de préserver de la compression et du choc des corps extérieurs, les conduites en

plomb destinées à l'eau et au gaz ; celles-ci, plus petites, passeraient librement dans les autres, et de cette manière on serait averti à l'instant même des moindres infiltrations et des plus petites réparations à faire.

NOTE 61, PAG. 191.

C'est surtout dans les tems de glace que cette manière de se débarrasser des eaux ménagères serait utile. Qu'on pense un peu à l'embarras que cause dans nos rues cette glace pulvérisée par les roues des voitures, qui ne peuvent se diriger sur le pavé, et qui glissent à chaque instant ; on peut dire qu'alors Paris est impraticable pour elles. Que d'accidens arrivent dans ces circonstances ?

NOTE 62, PAG. 191.

La ville perdrait assurément un revenu par cette concession ; mais cette perte ne serait-elle pas bien compensée, par le bienfait de ces travaux souterrains, qu'il lui est impossible d'exécuter maintenant à elle seule.

FIN.

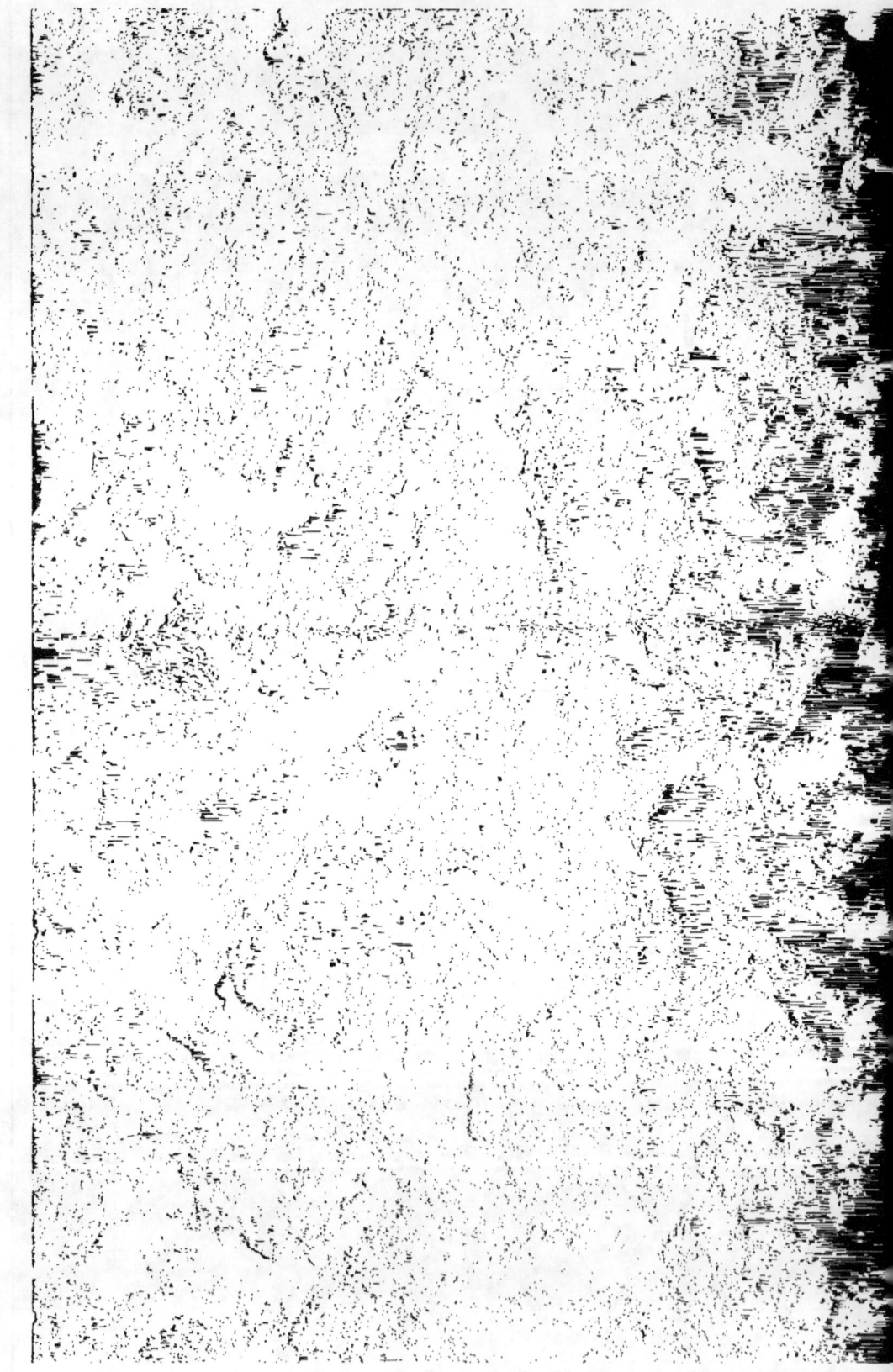

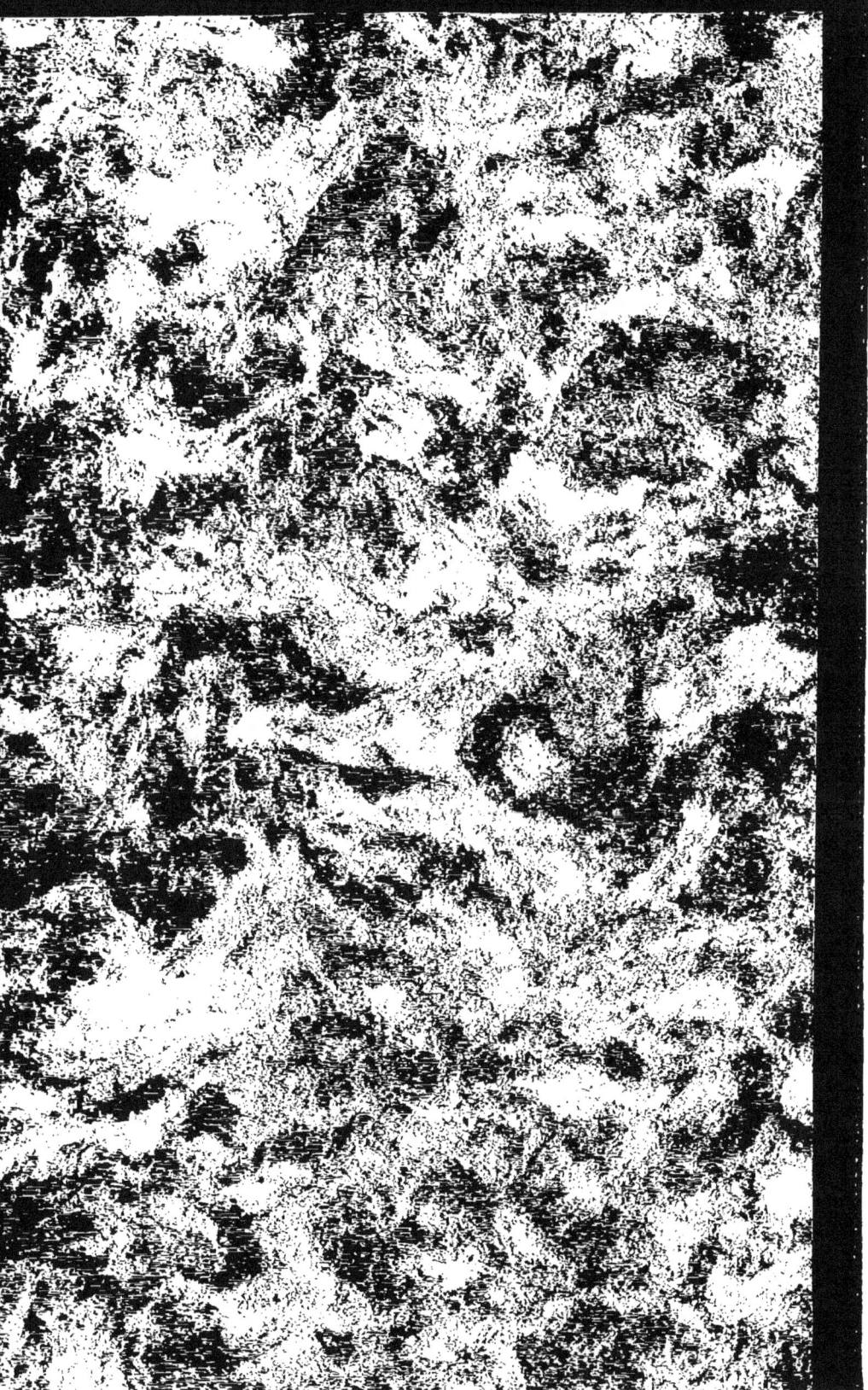